Stefan Slupetzky

Lemmings Blues

Kriminalroman

1.

Nichts ist, wie es scheint, und alles ist vielleicht ganz anders. Aber sicher ist das nicht.

Die Straßen in ein sanftes Pfirsichlicht getaucht, der Himmel alabasterfarben, die Geräusche wie das Flattern frisch gewaschener Wäsche an der Leine. Hell und freundlich die Gesichter der Passanten in den Gassen. Ihre langsamen, geschmeidigen Bewegungen, als schwebten sie. So könnte es im Himmel sein. Und wenn auch nur im Himmel eines Werbespots für Weichspüler oder Vanillejoghurt.

Stille im Foyer der Bank. Zunächst noch die verträumte Stille eines Sommernachmittags, die einen kühl umfängt, sobald man aus der prallen Hitze in den Schatten eines Hauses tritt. Dann aber, vor dem Kassenschalter, eine zunehmend gespannte Stille: die gereizte, feindselige Ruhe vor dem Sturm.

Der Lemming hat es eilig: Er muss Geld abheben. Vierzehntausend Euro, zwanzig Cent. Wofür er so viel Geld braucht, hat er zwar vergessen, aber den Betrag hat er genau im Kopf. Er wippt auf seinen Zehen, scharrt mit den Füßen auf dem Fliesenboden. Wenn das doch nur schneller ginge!

Hinter ihm gleiten die Schiebetüren auf, und eine Melodie pfeifend marschieren vier Männer in das Bankfoyer. Der Lemming kennt sie nur zu gut: Es sind die Dalton-Brüder. Ihre Sporen klirren im Rhythmus ihrer Schritte. Die karierten Halstücher haben sie sich bis knapp unter die Augen hochgezogen, wie sie es zu tun pflegen, wenn sie auf Raubzug sind.

Glücklicherweise lässt die Polizei nicht lange auf sich warten: Acht mit Gummiknüppeln, Glocks und Gasmasken bewaffnete Beamte stürmen durch die Tür. Sie schwärmen aus – anscheinend wollen sie die Daltons in die Zange nehmen –, laufen dann aber vorbei an den Banditen, laufen weiter, laufen auf den Lemming zu.

Er wird von groben Fäusten im Genick gepackt und gegen eine goldverzierte Marmorsäule in der Mitte des Foyers gedrückt. Vor seiner Nase hängt ein Stück Papier, ein – interessanterweise zweisprachiger – fett bedruckter Aushang:

Клиенты банка без маски отображаются без исключения!
UNMASKIERTE BANKKUNDEN WERDEN AUSNAHMSLOS ZUR ANZEIGE GEBRACHT!

Handschellen klicken, und der Lemming wird unter den Blicken der Passanten abgeführt. Schon hagelt es Beschimpfungen, Beifall für die Polizisten brandet auf. Das Letzte, was der Lemming hören kann, sind die Stimmen Emmett Daltons und der Bankbeamtin:

„Nur gebrauchte Scheine bitte."
„Aber gern, gnädiger Herr."

Was für ein Scheißtraum. Wo die große Seuche doch seit letztem Jahr im Abflauen ist. Die Seuche, derentwegen die Regierung das noch kurz davor erlassene Verschleierungsverbot in eine Maskenpflicht verwandelt hat. Die Seuche, die das Land nicht nur gesellschaftlich gespalten, sondern seine Bürger grundlegend verändert hat: Leitsterne in Trabanten, Handlanger in Helden, Demokraten in Despoten, Liebende in Feinde, Lebende in Tote.

Und Vernünftige in Idioten.

Im Vergleich zu anderen ist die Familie des Lemming halbwegs glimpflich durch die schwere Zeit gekommen. Tausende sind an der Infektion gestorben, tausende sind an den Gegenmaßnahmen verzweifelt, sind vereinsamt und verarmt und seelisch krank geworden. Auch die Zahl der Gasthäuser, Theater und Geschäfte, die für immer schließen mussten, ist Legion. Dagegen haben andere – wie wohl in jedem Krieg – gehörigen Gewinn gemacht: Die Aktien der Onlinehändler, Lieferdienste, Softwareanbieter und Pharmaunternehmen stiegen in den Himmel.

Sicher, dieses Virus war eine Naturgewalt: Sowohl die Schäden, die es selbst verursachte, als auch die Schäden, die aufgrund der Gegenmaßnahmen entstanden, lagen in seiner Natur. Es offenbarte aber auch die zwiegespaltene Natur der menschlichen Gesellschaft, die sich neuerdings in zwei diametrale Gruppen einteilen ließ: die wichtige, bedeutsame, die als systemrelevant bezeichnet wurde, und die unerhebliche, verzichtbare, die nichts zum substanziellen Fortbestehen der Menschheit beitrug. Endlich ging es wieder um den Ursprung, um die Wurzeln, um die vorzüglichste Eigenschaft des Homo Sapiens: die fleischliche.

Diese Einteilung in Wichtiges und Überflüssiges hat es dem Lemming auch während des allgemeinen wirtschaftlichen Niedergangs gestattet, seine Arbeit als Privatermittler fortzusetzen. Denn das Schnüffeln ist nun einmal relevant für ein System, das vor Betrügern, Schwindlern, Hochstaplern und Ehebrechern nur so strotzt. Wobei die Zahl der Aufträge in so genannten Ehescheidungsangelegenheiten stark zurückgegangen ist: Wenn alle nur zu Hause sitzen und sich gegenseitig auf die Nerven gehen, bedarf es keines Seitensprungs mehr, um die Scheidung einzureichen. Dafür mussten sich der Lemming und sein Partner Polivka vermehrt mit Internetbetrug und den diversen arbeitsrechtlichen Verfehlungen befassen, die im Zuge der nun allerorten praktizierten Heimarbeit begangen wurden. Ob ein Buchhalter auf seinem Sofa Stornos buchte oder Pornos suchte, war für seinen Chef schwer festzustellen, wenn er sich nicht von kompetenten Schnüfflern dabei helfen ließ. Und dann trat eben *Polpo* auf den Plan: So heißt die Agentur, die er, der Lemming, vor drei Jahren mit Polivka gegründet hat.

Auch Klara, seine seit gut zwanzig Jahren geliebte Frau, durfte als Tierärztin natürlich weiter ihrer Arbeit nachgehen. Schließlich ist das Schnüffeln auch für Hunde relevant, und Hunde wieder sind für Menschen relevant, die trotz verhängter Ausgangssperren ab und zu das Haus verlassen wollen, weil sie in ihren eigenen vier Wänden zu ersticken drohen. Ein Hund muss ja gewartet werden, da gehören ein bisschen Auslauf und ein bisschen Gassi gehen dazu.

Und Ben, der Sohn des Lemming, der inzwischen fünfzehn ist? Er ist im so genannten *Homeschooling* zur Koryphäe in IT-Fragen geworden. Die Unmenge an Hausaufgaben, die sich Tag für Tag in seinem Laptop häuften, absolvierte er gemeinsam mit dem Lemming. Dabei überwand er alle technischen Barrieren (er installierte, konvertierte, formatierte, filmte und lud hoch), während sein Vater sich in erster Linie um das Inhaltliche kümmerte: Die binomischen Formeln, Hitlers Machtergreifung und der Energieerhaltungssatz zwangen den Lemming zu einer absonderlichen Zeitreise zurück in seine eigene Schulzeit. Vieles fand er gar nicht mehr so langweilig wie damals, und das eine oder andere begann er überhaupt erst jetzt, nach mehr als vierzig Jahren, zu verstehen.

Egal. Es wird ja bald vorbei sein, jedenfalls laut den seit Jahren gemachten Prophezeiungen des jeweiligen Bundeskanzlers. Aber selbst, wenn es tatsächlich irgendwann vorbei sein wird, wird es noch lange nicht vorbei sein: Abgesehen von manifesten finanziellen und gesundheitlichen hat das Virus ja auch unsichtbare, feinstoffliche Schäden angerichtet. Ständig zwischen Angst und Hoffnung zu lavieren, hält niemand aus, kein Mensch und auch keine Gemeinschaft. Und so sind schon bald die wunderlichsten Theorien über die Herkunft und Beschaffenheit der Pandemie kursiert, haben sich in den sozialen Medien verbreitet wie ein Lauffeuer. Der

Mensch ist nun einmal ein phantasiebegabtes Wesen. Dass er Hirngespinste produziert, um sich verzwickte Sachverhalte zu erklären, ist nichts Neues. Neu war allerdings, dass jede kuriose These, die normalerweise nur belächelt worden wäre, plötzlich einen Aufschrei der Entrüstung nach sich zog. Die Spinnereien wurden postwendend einer politischen Gesinnung zugeordnet, in der Regel einer rechtsextremen. Wer die offizielle Wahrheit hinterfragte oder gar bezweifelte, wurde sofort als Leugner und Demokratiefeind abgestempelt.

Bei den Nazis wieder galten alle, die der Wissenschaft vertrauten, als linksradikale Gutmenschen und willfährige Opfer einer weltumspannenden Verschwörung der – natürlich jüdischen – Eliten.

Kurz gesagt, die Menschen waren gereizt und aufgebracht, man könnte sagen: kollektiv psychotisch.

Und sie sind es leider nach wie vor.

So eine Scheißzeit, denkt der Lemming. Nichts ist, wie es scheint, und alles ist vielleicht ganz anders, aber sicher ist das nicht. Wahrscheinlich wird deswegen jeder Fliegendreck zur quasi religiösen Grundsatzfrage aufgeblasen. Wäre ich ein Schriftsteller, sinniert er weiter, wäre diese Zeit das Letzte, über das ich gerne schreiben würde. Und die Seuche überhaupt das Allerletzte. Davon abgesehen, dass jetzt wohl alle Schriftsteller darüber schreiben, schreiben *müssen*, weil sich das ja kaum vermeiden lässt bei einem so präsenten Thema. Weil man gar nicht *nicht* darüber schreiben kann.

Was leider auch noch auf ein weiteres Thema zutrifft, das die Welt seit Monaten in Atem hält: den unseligen

Krieg in Osteuropa. Diesmal allerdings kein Krieg, der auf den Intensivstationen und in medizinischen Laboren ausgefochten wird, sondern ein regelrecht archaischer, anachronistischer Gewaltausbruch (anachronistisch für die meisten Europäer jedenfalls). Von einem alternden, mit Botox aufgespritzten Rottweiler in Moskau angezettelt, wirkt dieser Eroberungskrieg wie eine Schellackplatte in einem CD-Player.

Natürlich zählen Rottweiler nicht unbedingt zu jener Art von Zeitgenossen, die man reizen sollte. Und die treuherzige Rührigkeit, mit der der so genannte Westen in den letzten zwanzig Jahren die Relikte des zerfallenen Sowjetreichs aufgeklaubt hat wie das Fallobst in einem verbotenen Garten, diente sicher nicht dazu, ihn zu besänftigen. Trotzdem kann sich ein Kampfhund, der als Staatsmann kostümiert ist, für seine Verbrechen nicht mit seiner bissigen Natur rechtfertigen. Wenn er das Nachbarskind zerfleischt, weil es nicht mit ihm spielen will, gehört das Vieh nicht in den Kreml, sondern an die Kette. An eine sehr kurze Kette.

Hinter dem letzten und dem allerletzten Thema, über das der Lemming gerne schreiben würde, gibt es also noch ein allerallerletztes. Wäre ich ein Schriftsteller, so denkt er, würde ich mir nichts diktieren lassen. Nicht von meinen Zeitgenossen, nicht von irgendeinem Virus und schon gar nicht von einem Diktator, sosehr dieser das Diktieren auch gewohnt sein mag. Ich würde alle diese Themen auf den ersten Seiten hinter mich bringen und abhaken wie einen unbefriedigenden Morgenschiss.

Der Traum verblasst, die Dalton-Brüder sind schon fast vergessen. Jetzt, im Wachzustand, findet der Lemming sich an seinem Schreibtisch wieder, im Büro von *Polpo*: ein vormaliges Gewürzgeschäft in einem kleinen, ebenerdigen Lokal in der Sobieskigasse. Er und Polivka haben es nicht nur wegen der günstigen Miete und der ruhigen Lage angemietet. Ausschlaggebend war vielmehr das Olfaktorische: Noch immer sind die Räume von den Düften hunderter exotischer Gewürze, den Gerüchen von Kumin und Kardamom, Kurkuma und Cayennepfeffer, Gewürznelken und Zimt gesättigt. Jeden Morgen, wenn der Lemming von der Gasse direkt in das dunkle, altmodische Kontor tritt, schließt er die Augen und macht einen tiefen Atemzug. Dann fühlt er sich in ferne Zeiten und an einen fernen Ort versetzt: ein zwei Sekunden langer Urlaub.

Nicht, dass ihm ein längerer Urlaub schaden könnte; die vergangenen drei Jahre waren durchaus kein Honiglecken: Klaras Haus in Ottakring, bei einem Brandanschlag zerstört, musste von Grund auf neu gebaut werden, dazu kamen die Arbeit an und in der Detektei und die an allen Nerven zehrende pandemische Bedrohung, wegen der ja Urlaubsreisen ohnehin nicht möglich waren.

Und trotzdem muss er nun, da alle Grenzen wieder offen sind, in Wien die Stellung halten. Denn sein Kompagnon, der gute Polivka, hat einen noch viel triftigeren Grund gehabt, sich in den Zug zu setzen und für ein, zwei Wochen zu verreisen. Polivka führt schon seit vielen Jahren eine Fernbeziehung mit Sophie, einer Französin aus Amiens. Und weil der Mensch nicht selten auch in Fernbeziehungen nach Nähe strebt, hat ihn die Pandemie besonders hart getroffen. Tägliche Telefonate oder Videogespräche können eben keinen Hautkontakt ersetzen. Und ein Mangel an Berührungen lässt irgendwann auch die Gefühle erodieren. „Gut möglich, Wallisch, dass ich demnächst wieder Single bin", hat Polivka dem Lemming zugebrummt, bevor er in den Zug gestiegen ist. „Dann hast du mich am Hals, bis dass der Tod uns scheidet."

Aber nicht nur Polivka hat sich vorübergehend abgemeldet, auch für Ben und Klara hat sich die so lang ersehnte Möglichkeit eines Tapetenwechsels aufgetan.

„Ich glaube, es ist Zeit, den Buben auszulüften", so hat Klara es vor zwei Tagen beim Frühstück formuliert, nachdem sie Ben, der blass auf seinen Teller stierte, eingehend gemustert hatte. „Immerhin ist Pfingsten. Mit zwei Tagen Ferien und einer kleinen Grippe ließen sich da fünf bis sechs schulfreie Tage rausschlagen. Wir könnten morgen Abend mit dem Schlafwagen nach Amsterdam, und dann vielleicht auch noch nach Texel, in das Ferienhaus von meiner Tante Wilma. Na, was meint ihr?"

Amsterdam. Ein Zauberwort für Ben, sie musste es nicht zweimal sagen. „Echt jetzt?", fragte er, und sein Gesicht bekam sofort ein bisschen Farbe.

„Kommst du auch mit, Poldi? Texel?"

Wie perfide Klara ihre magischen Beschwörungsformeln in den Raum warf. Amsterdam für Ben und Texel für den Lemming: Weite Dünen, Licht und Luft und ein paar Schafe, das war seine Vorstellung vom Paradies. Und trotzdem ist er hiergeblieben. Pflichtgefühl. „Ich kann die Firma nicht so einfach zusperren", hat er missmutig zurückgegeben. „Aber fahrt ihr nur und habt es schön."

„Wir können dir ja etwas mitbringen", hat Ben gekichert. „Aus dem Coffeeshop."

So kommt es, dass der Lemming jetzt in der Sobieskigasse sitzt, von Weib und Sohn und Kompagnon verlassen, und auf Kundschaft wartet. Er sitzt da wie Humphrey Bogart als Phil Marlowe, mit den Füßen auf dem Schreibtisch, schaut hinaus in diesen trüben, wolkenschweren Freitag und betrachtet dann das Schaufenster, durch dessen Glas die Rückseite des goldenen Schriftzugs schimmert:

POLPO
LEOPOLD WALLISCH + H. POLIVKA
ERMITTLUNGEN

Dass Polivkas Vorname nicht ausgeschrieben, sondern zu einem geheimnisvollen *H.* gekürzt ist, hängt mit ebendiesem Vornamen zusammen: Jeder noch so arglose Versuch, ihm diesen Namen zu entlocken, treibt dem armen Polivka nicht nur die Schames-, sondern auch die Zornesröte ins Gesicht. Sogar der Lemming tappt in dieser Hinsicht vollkommen im Dunkeln, und so sind die beiden Herren zwar per Du, rufen einander aber grundsätzlich beim Nachnamen.

Der Lemming seufzt. Wie gut wäre jetzt eine Zigarette. Humphrey Bogart hätte jetzt wohl auch eine im Mundwinkel gehabt. Aber das Rauchen gilt ja längst nicht mehr als Markenzeichen des verwegenen Helden, sondern als Symbol charakterlicher Schwäche und sozialer

Unzulänglichkeit. Im Übrigen versuchen Ben und Klara schon seit Jahren, den Lemming davon abzubringen. Also hat er sich die Zigaretten abgewöhnt, erst letzte Woche wieder. Und er musste Ben und Klara feierlich versprechen, bis zu ihrer Rückkehr brav und stark und abstinent zu bleiben.

Aber wie das zehrende Verlangen mildern? Pharmazeutische Ersatzprodukte kaufen? Sicher nicht: Er lehnt es kategorisch ab, sich Nikotin, das spitzfindig als *medizinisch* angepriesen wird, in Form von Sprays, Dragees und Pflastern zuzuführen. In diesem Fall glaubt er nicht an die Kraft des Wortes, sondern an die Kraft der Pflanze.

Gut, dass er im Abstellraum des ehemaligen Gewürzkontors etwas gefunden hat, das Linderung verspricht: ein kleines, aber prall gefülltes Leinensäckchen, das sich hinter mehreren Kartons mit rotem Pfeffer, Muskatnüssen und getrockneten Wacholderbeeren versteckte. *Kautabak natur – Brasilien*, stand handgeschrieben auf dem Leinen. Diesen Beutel zieht er jetzt aus seiner Jackentasche, um ihm eine bräunliche, gekrümmte Wurzel zu entnehmen. Kurz entschlossen schiebt er sich den Stängel in den Mund, speichelt ihn kräftig ein und lagert ihn unter der Zunge ab. Das Zeug schmeckt unerwartet mild, nach Rettich oder Gras, er kann nur hoffen, dass es wirkt.

Die Zeit will nicht verrinnen, und die Kundschaft will nicht kommen. So, als seien auch die Gehörnten und Betrogenen erschöpft in diesen grauen Frühlingstagen. Wäre ich ein Schriftsteller, sinniert der Lemming, würde ich jetzt durch die Dünen wandern, Schafe zählen und das

Meer betrachten, und ich müsste nicht darauf warten, dass etwas passiert, weil alles nur in meinem Kopf passiert. Und trotzdem würde jetzt – spätestens jetzt! – etwas passieren.

So unvermittelt springt die Tür auf, dass der Lemming aufschreit und von seinem Sessel hochschnellt. Ein geheimnisvolles goldenes Licht strömt in den Raum, ein Licht wie auf Gemälden alter Meister, und in diesem Licht schwebt jetzt eine Gestalt herein, die ebenso von einem Renaissancemaler erdacht sein könnte. Sie ist in ein langes, hellblaues Gewand gehüllt, hat langes, rötlich-blondes Haar und wiegt ein Bündel in den Armen. Ist das möglich? Hier in der Sobieskigasse? Ja, es muss ein Wunder sein, denn die Gestalt schwebt eine Handbreit über dem Parkett, ihre Sandalen berühren den Boden nicht. Der Lemming hyperventiliert. Maria, die Mutter Gottes, stattet seiner Detektei einen Besuch ab.

Seltsam nur, dass ihre Augen groß und glänzend sind wie jene der Lemuren, an die der Lemming sich aus seiner Zeit als Nachtwächter im Tiergarten Schönbrunn erinnert. Runde Lichter, die ihm während seiner Inspektionstouren aus der Finsternis entgegenblinkten. Allerdings waren diese Lichter bei den Varis, Makis und Sifakas rot, während die Augen der Madonna leuchtend blau sind: ein Paar lupenreiner, hochkarätiger Saphire. Und das Bündel, das Maria in den Armen hält, bewegt sich zwar, sieht aber völlig anders als das Jesuskindlein in der Weihnachtskrippe aus. Als sie das Tuch zurückschlägt, glotzt dem Lemming etwas Sandfarbenes, Haariges entgegen, eine untersetzte, runzelige Kreatur mit missmutigem Silberblick.

Dann aber spricht die heilige Jungfrau, und sie spricht zu ihm, dem Lemming, ihm, dem Auserwählten. So etwas passiert einem nicht alle Tage, und es wäre ein noch weihevollerer Moment, wenn ihre Stimme nicht so aufgeregt und heiser klänge, so gehetzt.

„Das ist der Herkules", stößt sie hervor. „Ich bitt Sie, geben Sie gut acht auf meinen Kleinen, er ist in Gefahr!"

Mit diesen Worten setzt Maria das Geschöpf auf Polivkas verwaisten Schreibtischsessel. Einmal noch streicht sie ihm sanft über den Kopf, dann wendet sie sich ab, um wieder aus der Tür zu schweben. Harfenklänge füllen jetzt das Büro mit einer weichen, vielstimmigen Melodie. Da hat sich wohl ein winziges Orchester in den Ritzen des Parkettbodens verschanzt, ein Heer aus hundert unsichtbaren Harfenisten, die der hellblauen Lemurenmadonna ein barockes Abschiedsständchen bringen.

Eine Weile starrt der Lemming ihr noch nach, dann aber setzt er sich und beugt sich vor, um – über die zwei Schreibtische hinweg – das Bündel namens Herkules in Augenschein zu nehmen. Bewegungslos sitzt es dem Lemming gegenüber, seine Glubschaugen rollen knapp über der Schreibtischkante hin und her. Ist das ein Kind? Ein Tier? Ein Kobold? Oder doch ein Gott?

„Du stellst die falschen Fragen."

Hat der Lemming das gerade nur gedacht, oder hat dieses Wesen tatsächlich gesprochen?

„Wieder eine falsche Frage. Warum *oder*? Du hast es gedacht *und* ich hab es gesagt."

„Das gibt es nicht", hört sich der Lemming krächzen. „Sag mir, dass es das nicht gibt. Du kannst nicht sprechen."

„Gut. Ich kann nicht sprechen", sagt das Wesen und verdreht die Augen.

Nichts ist, wie es scheint, und alles ist vielleicht ganz anders. Aber sicher ist das nicht. In solchen Fällen kann nur eine Taktik helfen, die den Dingen ihren angemessenen Platz zuweist, ein kleiner Trick, der das Erlebte ordnet und wieder zurechtrückt, kurz: eine Methode, die man *Realitätscheck* nennt. Von Schlafforschern entwickelt, um sich seines Wachzustands zu vergewissern, dient dieser Kniff nicht nur als Mittel gegen unheilvolles Schlafwandeln und unrühmliches Bettnässen, sondern auch als der Schlüssel, der die Pforte zum luziden Träumen öffnet. Zählt der Schläfer seine Finger und stellt fest, dass er auf einmal elf statt zehn besitzt, befindet er sich offensichtlich in der Traumwelt: einer Welt, die er mit diesem Wissen frei gestalten kann.

Zehn Finger zählt der Lemming. Und weil er ganz sichergehen will, hält er sich mit beiden Händen Mund und Nase zu: Die Atempumpe lässt sich nicht so leicht von einem Phantasiebild überlisten, und so atmet man durch die geträumten Hände weiter.

„Stich dir doch den Brieföffner ins Herz", sagt das verrunzelte Geschöpf. „Wenn du dann tot bist, weißt du, dass du nicht geschlafen hast."

Dem Lemming rauscht das Blut im Schädel. Nein, er träumt nicht, er ist bei Bewusstsein, was er hier und jetzt erlebt, geschieht tatsächlich. Rasch nimmt er die Hände vom Gesicht und schnappt nach Luft. „Sehr lustig", keucht er. „So was muss ich mir von einem sagen lassen, der vor zwei Jahrtausenden am Kreuz gestorben ist."

„Die Suche nach der Wahrheit war auch damals schon gefährlich. Außerdem bin ich nicht der, für den du mich anscheinend hältst. Glaubst du vielleicht, dass Jesus wie ein Mittelding aus Marty Feldman, Meister Yoda und einer behaarten Weißwurst ausgesehen hat?"

„Warum nicht? Die Bibel ist ja kein Fotoroman."

„Homer war auch kein Maler. Trotzdem heiße ich, wie du ja schon gehört hast, Herkules."

Der Lemming grinst. „Ob jüdisch oder griechisch, macht im Grunde keinen großen Unterschied, solange man ein Halbgott ist. Heißt du denn wirklich so?"

„Ist das nicht scheißegal? Natürlich heiß ich so. Du kannst mich meinetwegen Kuli nennen."

Diese Ausdrucksweise, denkt der Lemming, dieser Sessel, diese Physiognomie: So, wie er da sitzt und verdrossen vor sich hin schnauft, ist eine frappante Ähnlichkeit zwischen dem kleinen Kuli und dem alten Polivka nicht von der Hand zu weisen.

„So ein Blödsinn: Ähnlichkeit", knurrt Kuli. „Laut Nietzsche sind Gleichmacherei und Ähnlichseherei das Merkmal schwacher Augen."

„Kann schon sein. Dagegen sind Gedankenleserei und Besserwisserei das Merkmal großer Widerlinge. Bist du deshalb in Gefahr? Weil du den Leuten auf die Nerven gehst?"

„Im Glashaus sitzen und mit Steinen werfen, Wallisch." Kuli schnaubt verächtlich auf.

„Okay, aber worin besteht denn überhaupt diese angebliche Bedrohung? Warum bist du wirklich in Gefahr?"

„Ich weiß es nicht."
„Wer ist die Frau, die dich gebracht hat? Deine Mutter?"
„Nein, ich glaube nicht ... Sie ist so etwas wie meine Beschützerin."
„Als hätt ich das nicht mitgekriegt. Du weißt also nicht mehr als ich."
„Ja. Aber auch nicht weniger", sagt Kuli. „Was wir nämlich beide wissen, ist, dass nichts ist, wie es scheint ..."
„Und dass auch das nicht sicher ist", murmelt der Lemming.

Sicher ist dagegen, dass der Lemming sich die kommenden vier Stunden lang mit seinem kleinen beigen Gegenüber unterhält, wobei die Themen variieren: Einmal geht es ums Fressen, dann um die Moral, dann wieder um die Wechselwirkung zwischen Schlaf und Spiritualität. An manchen – ganz besonders interessanten – Stellen des Gesprächs wachen die Harfenisten auf und unterstreichen die Dramatik der Gedanken mit beschwingt gezupften Septakkorden.

Später Nachmittag. Das ohnehin schon fahle Tageslicht wird schwach und schwächer, und die Abenddämmerung senkt sich schwer über die Stadt. Es ist die Stunde, die den Lemming meistens melancholisch werden lässt, die Stunde, die ihm meistens eine zwar nur kurze, aber veritable Depression beschert. Das Nichts ist der Normalzustand, das Licht eine Anomalie der Finsternis, das Leben eine Ausnahme des Todes. Aber ist ihm das nicht ohnehin bewusst? Muss ihn der Sonnenuntergang denn wirklich jeden Tag an diese Tatsache erinnern?

Erstaunt stellt der Lemming fest, dass die gewohnte Schwermut heute ausbleibt, und nach einer Weile wird ihm klar, wem er das zu verdanken hat. Es ist kein anderer als Kuli, der ihn mit ironischem Humor und Scharfsinn davon abhält, trübsinnig zu werden.

„Danke für die Blumen." Kuli nickt und gähnt. Sein Atem geht jetzt schwerer, seine Augenlider senken sich, und er fängt leise an zu schnarchen. Noch etwas, das er mit Polivka gemein hat, denkt der Lemming.

Dann aber fallen auch ihm selbst die Augen zu. So rasch wie eine Münze, die man in den Brunnen wirft, sinkt er in einen traumlos tiefen Schlaf.

2.

Ist es tatsächlich schon halb sieben Uhr früh? Der Lemming blinzelt in das trübe Morgengrauen, stützt sich an der Schreibtischkante ab und streckt den Rücken durch. Der Schmerz fährt ihm durch alle Glieder: Eine neunundfünfzig Jahre alte Wirbelsäule sollte man nun einmal nicht auf einem Neunundfünfzig-Euro-Stuhl zur Ruhe betten.

Halb sieben Uhr früh. Um diese Uhrzeit ist nur ein Gedanke möglich, nämlich der an einen heißen, kräftigen Kaffee. Glücklicherweise gibt es in der kleinen Küche hinter dem Büroraum einen altertümlichen Espressoautomaten, und so macht der Lemming sich mit steifen Beinen und gebeugtem Rücken auf den Weg. Der Automat heizt röchelnd seinen Boiler auf, der Lemming fährt behäbig seine grauen Zellen hoch. Nur langsam dringt ihm die Erinnerung ins Bewusstsein: die Erinnerung an den absurden Traum der letzten Nacht. An die Madonna mit den großen blauen Augen, an die unsichtbaren Harfenisten und an Kuli, den kleinwüchsigen Gedankenleser mit dem mürrischen Gesicht. Nur seltsam, dass der Traum sich immer noch wie die Realität anfühlt, wie ein authentisches Erlebnis. Und dass es dem Lemming nicht gelingt, sich daran zu erinnern, wie er den gestrigen Nachmittag und Abend wirklich zugebracht hat. Hinter seinem Schreibtisch, in Erwartung eines Kunden? Und wieso ist er am Abend nicht mehr heimgefahren? Warum hat er hier im Büro geschlafen?

Nachdenklich trägt er die dampfende Kaffeetasse zu seinem Tisch und lässt sich wieder in den Sessel sinken. Diese Träume, überlegt er, und diese Erinnerungslücken deuten auf nichts Gutes hin. Wahrscheinlich wäre es doch wieder einmal Zeit für einen Arztbesuch. Oder für mehrere. Den letzten Anlauf zu einer umfassenden Vorsorgeuntersuchung hat er ja schon vor fünf Jahren unternommen, mit Betonung auf dem Wörtchen *Anlauf*: Gerade einmal drei Etappen hat er damals hinter sich gebracht, bevor er demoralisiert das Handtuch warf. Die Herren Doktoren kamen ihm vor wie übermotivierte Schuhverkäufer, die versuchen, jedem Kunden, dem kein Schuh gefällt, doch wenigstens eine Krawatte anzudrehen. Der Pulmologe fand zwar keinen Lungenkrebs, aber verengte Atemwege, der Kardiologe fand keine Arteriosklerose, aber eine Fehlfunktion der Herzklappen. Der Gastroenterologe schließlich fand zwar keinen Darmkrebs, aber eine lecke Magenklappe und eine verätzte Speiseröhre.

Für den Lemming war der Ärztemarathon damit schon vor dem Zieleinlauf beendet. Weitere Sollbruchstellen wollte er sich nicht mehr aufzählen lassen. Auch als Laie wusste er, dass Körper sich in Relation zu ihrem Alter abnutzen, dass sie gebrechlich werden und irgendwann den Geist aufgeben.

Aber jetzt scheint wirklich etwas nicht zu stimmen. Etwas im Gehirn. Und wenn der Neurologe keinen Tumor findet? Nun, dann wird er wohl statt Schuhen eine Krawatte für mich haben, denkt der Lemming und nimmt einen Schluck Kaffee.

Er hätte mit geschlossenen Augen trinken sollen, versunken und genießerisch wie die professionellen Leckermäuler in der Fernsehwerbung. Das, was er jetzt nämlich sieht, versetzt ihm einen solchen Schock, dass ihm die Tasse aus der Hand fällt und sich der noch dampfende Kaffee auf seinem Schoß verteilt.

Über dem Rand des Schreibtischs taucht ein kleines, faltiges Gesicht mit großen Augen auf – ein Mopsgesicht.

Und dieser Mops ist Kuli.

Manche Dinge brauchen ihre Zeit. Das Abklingen von Schmerzen beispielsweise, oder das Verebben eines veritablen Schocks. Auch jetzt dauert es eine Weile, bis der Lemming seinen ersten Schmerz und seinen ersten Schrecken überwunden hat. „Das ist nicht wahr", flüstert er kopfschüttelnd. „Das kann nicht wahr sein."

Kuli sitzt auf Polivkas Sessel und glotzt ihn mit großen Augen an. Er sagt kein Wort. Er schweigt, als ob er nie gesprochen hätte.

„Könntest du ... so freundlich sein, mit mir zu reden?", fragt der Lemming leise. „Sprich mit mir!", setzt er, schon etwas lauter, nach. „Du hast doch gestern ..."

Endlich öffnet Kuli seine Schnauze. Mit einem leisen Jaulen streckt er eine lange rosa Zunge aus dem Mopsmaul.

Kuli gähnt. Hebt dann den Hintern, springt mit einem Satz vom Sessel und tänzelt zur Tür. Dort bleibt er stehen und sieht den Lemming an.

„Ja, wie jetzt? Ohne Leine?"

Keine Antwort.

„Wenigstens ein Halsband hast du."

Seufzend zieht der Lemming seinen Gürtel aus der Hose und befestigt ihn an Kulis Stoffhalsband. Das Café Cuba vorne an der Ecke sperrt um sieben auf: der beste Grund, um sich zu dieser nachtschlafenden Zeit mit einer nassen Hose, einem verbrühten Gemächt und einem fremden Köter auf die Straße zu begeben. Alles andere muss warten, bis der erste doppelte Espresso seine Wirkung tut: die Frage nach der heiligen Maria, nach den kleinen Harfenisten und nach den Exkursen eines sprachbegabten Mopses. Der Versuch, den Wahnsinn von der Wirklichkeit, die Wirklichkeit vom Traum zu unterscheiden. Kurz, die essenzielle Frage, die er wohl auch bald dem Neurologen stellen wird: Schuh oder Krawatte?

Scheiß drauf.

Erst ein kräftiger Kaffee.

„Um zehn vor sieben? Echt jetzt?" Das ist die Begrüßung von Frau Yasemin, der Kellnerin des Café Cuba, als das Glöckchen an der Eingangstür erklingt. Gerade im Begriff, die letzten Biergläser von gestern Abend in die Spülmaschine einzuräumen, wendet sie sich um, und ihre düstere Miene hellt sich auf. „Da schau ich aber!", ruft sie. „Der Herr Leopold ist heut schon auf den Beinen! Oder *noch*? Und einen neuen Partner hat er auch! Oder ermittelt der Herr Polivka heut undercover und hat sich als Mops verkleidet?" Ohne eine Antwort abzuwarten, lässt Frau Yasemin ihrem banalen Witz ein heiseres Lachen folgen und fügt gleich noch einen weiteren hinzu: „Zwei Mokka für die Herren?"

„Ja, bitte", sagt der Lemming irritiert. „Beziehungsweise nein. Nur einen doppelten für mich."

„Und was darf's für den Herrn Kollegen sein?"

Der Lemming lässt den Blick zu Kuli wandern, der ihn teilnahmslos erwidert.

„Eine Schüssel Wasser bitte."

„Wasser? Na, das muss ja eine mopsfidele Nacht gewesen sein."

Der Lemming zuckt die Schultern. „Keine Ahnung, wenn ich ehrlich bin", gibt er zurück. Dann schnappt er sich die Morgenausgabe der *Reinen Wahrheit* von der Budel und zieht Kuli zu einem der Tische bei den Fenstern.

Dass er nicht noch mehr Kaffee auf seine Hose schüttet, ist Frau Yasemin zu danken, die sich mit der Zubereitung des Espressos Zeit lässt. Kaum hat er die *Reine* aufgeschlagen, fährt ihm nämlich schon der nächste Schrecken in die Glieder.

Die REINE WAHRHEIT vom 4. Juni 2022

Wer kennt diese Frau?

Am frühen Freitagabend machten Mitarbeiter des Stadtgartenamts im Arne-Karlsson-Park am Wiener Alsergrund einen makabren Fund. Unmittelbar neben dem Kinderspielplatz (!) stießen sie im Dickicht auf die Leiche einer etwa vierzig Jahre alten Frau. Von den herbeigerufenen Polizeibeamten wurden tiefe Würge- oder Strangmale am Hals der Toten festgestellt. Das Landeskriminalamt Wien hat bereits Mordermittlungen eingeleitet und ersucht die treue Leserschaft der REINEN um ihre Mithilfe bei der Identifizierung des Opfers:

Die Frau war 1,68 Meter groß und hellhäutig, sie hatte rötlich-blondes, langes Haar. Bekleidet war sie mit einem hellblauen Leinenmantel und Sandalen. In einer ihrer Manteltaschen steckte eine Hundeleine. Am Tatort wurde außerdem ein ungewöhnliches Objekt gefunden: eine mit blauem Glas versehene Schweißerbrille, die der Toten gehört haben könnte.

Hinweise bitte an das Landeskriminalamt, an die nächste Polizeidienststelle oder direkt an die Redaktion der REINEN.

„Sodala, ein Mokka und zwei Wasser für die Herrschaften!" Frau Yasemin stellt ein Tablett mit einer randvollen Espressotasse, einem Zuckerstreuer, einer Plastikschüssel und einem Glas Wasser auf den Tisch. Sie nimmt die Schüssel und beugt sich hinunter, um sie auf dem Boden zu platzieren.

„Wo ist denn jetzt das Hunderl? Wo ist der kleine Detektiv?"

Der kleine Detektiv ist nicht unter dem Tisch. Er ist auf die Kaffeehausbank gesprungen, schmiegt sich an den Lemming und betrachtet durch das Fenster das Geschehen auf der Straße – ein Geschehen, das sich auf zwei nach Brotkrumen pickende Tauben beschränkt.

„Da ist er ja!" Frau Yasemin hält inne. „Meiner Seel', Herr Leopold", sagt sie zum Lemming. „Sie sind ja ganz weiß, fast wie Ihr Mopserl!"

Der Lemming starrt noch immer auf die *Reine Wahrheit*. Dann legt er die Zeitung langsam auf den Tisch und hebt die Hände, um sich Mund und Nase zuzuhalten.

„Nein, es waren keine Harfenisten in den Ritzen", sagt der Lemming.

„Das ist gut, wenn auch ein bisserl schade", nickt der alte Mann im Rollstuhl. „Sonst hättest du mir ein paar zusammenfangen können. Du kannst dir ja gar nicht vorstellen, wie ich mich in dieser Anstalt fadisier, besonders nach dem Abendessen, also ab halb sechs am Nachmittag. Da wär so eine Schuhschachtel mit kleinen Musikanten eine hübsche Abwechslung." Er schmunzelt, hebt die Hand zum Mund und richtet sich die falschen Zähne. Seine echten mag er längst verloren haben, aber was seinen Humor betrifft, ist er noch ganz der Alte.

Nach dem Café Cuba ist der Lemming ins Büro zurückgekehrt und hat dort tatsächlich mit einer Lupe, die ja, wie man weiß, zur Grundausstattung jedes Detektivs gehört, den Boden abgesucht, während ihm Kuli mit gespitzten Ohren und großen Augen dabei zusah. Doch gefunden hat er nichts.

Ein weiteres Mal hat er versucht, der Unschärfe zwischen Vision und Wirklichkeit mit Logik beizukommen. „Wenn ich davon ausgehe", hat er gemurmelt, „dass ich momentan bei Sinnen bin, dann sind sowohl der Hund als auch die Frau, die ihn gebracht hat, Wirklichkeit. Genauso wie der Umstand, dass die Frau nur kurze Zeit danach ermordet wurde. Nicht real dagegen ist, dass diese Frau die heilige Maria war, dass sie sich schwebend fortbewegt hat und dass dieser Mops der deutschen Sprache mächtig ist." Ein Seitenblick zu Kuli, doch der hat nur stumm zurückgeschaut. „Und auch die unsichtbaren Harfenspieler kann ich mir nur eingebildet haben." Noch einmal hat er die Lupe über die Parketten wandern lassen, aber schließlich hat er eingesehen, dass er das Rätsel nicht alleine würde lösen können. Was er brauchte, war ein Ansprechpartner, und zwar einer, der den Mund nicht nur sporadisch aufbekam. Mit einem Wort, ein Gegenüber, das kein Mops war.

Aber wen um Hilfe bitten? Klara, Ben und Polivka waren fort, und sie mit Textnachrichten oder Telefongesprächen zu beunruhigen, hätte ihm nichts und ihnen noch viel weniger gebracht. Zu seinen ehemaligen Kollegen bei der Polizei bestand seit seiner Kündigung vor vierundzwanzig Jahren kein Kontakt mehr, und sein früherer Job als Nachtwächter im Tiergarten Schönbrunn hatte ihm zwar einen kleinen Freundeskreis beschert, der aber hauptsächlich aus einer Handvoll Vögeln und dem einen oder anderen Vierbeiner bestand.

Der Lemming hat gegrübelt und gegrübelt, und als er an den Artikel in der Reinen Wahrheit dachte, ist ihm plötzlich jemand eingefallen. Ein Mann, der unter Mordermittlern lange Jahre als die graue Eminenz der Leichenschau gegolten hatte. Ungezählte Fälle hatte er mit dem Skalpell gelöst – nicht nur mit dem Skalpell in seiner Hand, sondern in erster Linie mit dem Skalpell seines präzisen, messerscharfen Geistes.

Professor Bernatzky, Pathologe und Forensiker im Ruhestand.

Obwohl er seine Freundschaft mit Bernatzky nur sporadisch pflegte, war der Lemming doch über die Lebensumstände des Alten informiert. Er wusste, dass Bernatzky wegen seiner morschen Knochen und Gelenke erst vor kurzem zweimal übersiedelt war: zuerst in einen Rollstuhl und nur Tage später in ein Altersheim im neunzehnten Bezirk. Dort hielt er sich mit Vorliebe im Garten auf, weil der noch nicht mit Rauchmeldern versehen war.

„Sag, Wallisch, hast du eine Zigarette?"

„Leider nein, Professor. Bin gerade auf Entwöhnung."

„Und da wundert's dich, wenn du Marienerscheinungen hast?" Bernatzkys Kichern klingt wie kleine Windstöße, die durch die Blätter eines Herbstwalds pfeifen. „Aber ganz im Ernst", fährt er dann fort, „für solche Wahnbilder kann es verschiedene Gründe geben. Schlafmangel zum Beispiel, schwere Depressionen, Alkoholmissbrauch, Demenz, ein Schlaganfall oder ein Schädel-Hirn-Trauma."

„Bis auf den Alkohol kann ich das alles ausschließen. Und den missbrauche ich nicht, sondern ich trinke ihn. Von Zeit zu Zeit."

„Wie steht es mit deinen Sozialkontakten? Eine lange innere Isolation kann auch zu Halluzinationen führen."

„Seit gestern bin ich Strohwitwer."

„Das wird nicht reichen. Nimmst du außer Alkohol noch andere Drogen?"

„Nein, schon lang nicht mehr. Als Jugendlicher hab ich ein paar Sachen ausprobiert."

„Wer hat das nicht?" Bernatzky wiegt den Kopf, er überlegt. „Ich glaub, man muss das Ganze anders angehen. Über dieses Viecherl da." Er beugt sich vor, packt Kuli sanft unter den Achseln und hebt ihn auf seinen Schoß. Der Mops lässt es gleichmütig über sich ergehen, und als der Alte anfängt, seinen Kopf und sein Genick zu kraulen, quittiert er es mit einem schläfrigen, genießerischen Zwinkern. „Wie man es von dir gewohnt ist, Wallisch, hast du ja gleich mehrere Probleme", sagt Bernatzky. „Halluzinationen schön und gut, aber den Mord an dieser Frau hast du dir nicht nur eingebildet: Ich hab ja die *Reine* heut beim Frühstück auch gelesen. Es kann Tage dauern, bis die Polizei herausbekommt, um wen es sich bei dieser Toten handelt. Davon, wer sie stranguliert hat, ganz zu schweigen. Wenn du nicht so lange warten willst, musst du dich selber auf die Suche machen."

„Aber wie?"

„Geh bitte, Wallisch! Wer von uns ist Detektiv?"

„Ich hab ja keine Spur."

„Und was ist mit dem Mopserl? Ich weiß, man kann in einen Menschen nicht hineinschauen, außer am Seziertisch, aber das da ist ein Hund."

„Und weiter?"

„Sag, wie lang habt ihr jetzt keinen Hund mehr, du und deine Liebste?"

„Seit fast achtzehn Jahren", sagt der Lemming mit belegter Stimme. Wie so oft muss er an Castro denken, den geliebten Leonberger, und an seinen grauenvollen Tod.

Vor achtzehn Jahren, zu Silvester 2004, ist es geschehen: Da ist im Maul des armen Tiers ein gottverdammter Böller explodiert; den blutgetränkten Schnee und Castros letztes leises Wimmern wird der Lemming nie vergessen. Jetzt flammen sein Schmerz, sein Zorn und seine hilflose Verzweiflung wieder auf. Aber Bernatzky holt ihn in die Gegenwart zurück.

„Da haben wir's ja!" Der Alte hat den Mops die ganze Zeit gekrault, nun aber knetet er ein Speckfältchen in Kulis Nacken. „Du weißt also nicht, dass alle Hunde seit 2010 mit einem Mikrochip versehen sein müssen? Da, man kann es fühlen, ein reiskorngroßes Ding unter der Schwarte. Dieses Mopserl, Wallisch, liefert dir den Namen seines Frauchens einfach so auf dem Serviertablett. Du brauchst nur in den Hund hineinzuschauen."

„Ich soll den Kuli aufschneiden?"

„Geh, Wallisch, als ob du das könntest. Nein. Aber dein Frauchen ist doch Tierärztin?"

„Die Klara? Ja."

„Dann hat sie sicher einen Scanner in der Praxis. Den hältst du dem kleinen Kuli an den Hals und liest die Nummer auf dem Display ab. Im Internet findest du Datenbanken, die dir alle Auskünfte zu dieser Nummer geben. Name, Telefonnummer, Adresse ..."

„Ehrlich?"

„Ehrlich."

„Und der Grund für meine Halluzinationen? Den werd ich auf die Art auch nicht finden."

„Kann schon sein. Aber die Dinge hängen oft zusammen, Wallisch. Öfter, als man glaubt." Bernatzky nimmt den

Mops und stellt ihn wieder auf den Boden. „Also greif nicht nach den Sternen, sondern bau dir erst ein Raumschiff. Lass mich halt beizeiten wissen, wie die Sache sich entwickelt."

„Gut." Der Lemming zögert. Von der Straße ist das Aufröhren eines Motorrads zu hören, ein martialisches Geräusch, das aus dem gleichmäßigen Rauschen des Verkehrs heraussticht wie der Eiffelturm aus dem Pariser Champ de Mars. „Ich weiß nicht, wie ich Ihnen danken soll, Professor. Danke. Wenn Sie etwas brauchen ..."

„Wie gesagt, etwas zum Rauchen wäre fein. Ich hab die Zigaretten oben in meinem Zellenblock vergessen."

„Soll ich Ihnen welche holen? Ich könnte ..."

„Nein, lass gut sein", winkt Bernatzky ab.

In diesem Augenblick erinnert sich der Lemming wieder an den Leinenbeutel mit dem Kautabak. Er zieht ihn aus der Jackentasche und hält ihn Bernatzky hin. „Bedienen Sie sich. Der ist aber leider nur zum Kauen."

Der Alte greift nach einer der gekrümmten Wurzeln, knetet sie zwischen den Fingern, mustert und beschnuppert sie, während der Lemming einen weiteren Stängel aus dem Säckchen nimmt und sich unter die Zunge schiebt. „Schmeckt zwar nicht wirklich nach Tabak, aber es wirkt."

„Das glaub ich", meint Bernatzky fröhlich. „Weißt du, Wallisch ..." Er spricht weiter, aber seine Worte sind nicht mehr zu hören, weil sie vom neuerlichen wütenden Gebrüll des Motorrads verschluckt werden, einem Gebrüll, das noch viel lauter klingt, viel aggressiver als zuvor. Nur einen Steinwurf weit entfernt, am Rasen vor dem Eingangstor zum Park des Altersheims, entsteht ein plötzlicher Tumult: Ergraute Frauen und Männer stieben auseinander, Rollatoren kippen um und Krücken wirbeln durch die Luft. Die Alten zetern, ihre dünnen Stimmen sind mehr zu erahnen als zu hören. Durch ihre Mitte aber bricht die Ursache ihres gerechten Zorns: ein schwarzer Rittersmann auf seinem Streitross, ein mit Lederkluft und Vollvisierhelm ausstaffierter Biker, der in seiner Rechten eine Lanze schwingt. Nur dass am vorderen Ende dieser Lanze keine Eisenspitze steckt, sondern ein Lasso schlenkert, eine Drahtschlinge, wie sie von Tierfängern verwendet wird. Der schwarze Ritter gibt dem Ross die Sporen, er treibt seine Maschine an und prescht über den Rasen, dass in seinem Rücken eine Erdfontäne hochspritzt.

Er rast auf Bernatzky, Kuli und den Lemming zu. Und es ist klar, dass er mit seiner Drahtschlinge weder Bernatzky noch den Lemming fangen will.

Für ein Lebwohl bleibt keine Zeit. Der Lemming stürzt zu Kuli hin; mit einer Hand reißt er den Mops vom Boden hoch, gerade, als der schwarze Ritter ihm in voller Fahrt sein Lasso überwerfen will. Die Schlinge fährt ins Leere, mäht nur ein paar Frühlingsblumen ab und bleibt in einem der Forsythiensträucher hängen, mit denen die Rasenflächen dekoriert sind. Das Motorrad schlingert, pflügt mit seinem Hinterrad einen erdbraunen Halbkreis in den Boden und kommt beinahe zu Fall. Leider nur beinahe. Der Hundefänger fängt sich, wendet die Maschine, greift nach seiner Lanze, die ihm aus der Hand geglitten ist, und lässt den Motor aufheulen.

Keine drei Meter entfernt runzelt Bernatzky abfällig die Stirn. Er sitzt in seinem Rollstuhl wie ein Kritiker bei einer vollkommen missratenen Theaterpremiere: erste

Reihe fußfrei, aber mit geblähten Nasenlöchern und halb angewiderter, halb ungläubiger Miene.

Eine graue Wolkendecke hängt über der Stadt. Die Luft ist schwer und warm, zu warm für diese Jahreszeit. Der Lemming rennt. Den Mops unter den Arm geklemmt, läuft er, wie er noch nie gelaufen ist. Auch Kuli strampelt mit den Beinchen, hilflos wie ein Baby oder eine auf dem Rücken liegende Schildkröte. Jetzt nur hinaus aus diesem Park, nur fort von diesem wahnsinnigen Hundefänger, dieser Drecksau auf zwei Rädern.

Jede Flucht beginnt mit zwei konkreten Fragen: Wohin soll man flüchten? Und auf welchem Weg? Es gilt, die mobile Unterlegenheit und die körperlichen Defizite wettzumachen, die ja der Notwendigkeit der Flucht zugrunde liegen. Rasch und unsichtbar sollte man sein und Wege nehmen, die eine Verfolgung wenn schon nicht unmöglich machen, so doch wenigstens erschweren.

Der Bus ist schon von weitem zu erkennen. Groß und rot kommt er vom Westen her und steuert auf die grüne Ampel zu. Hinter der Kreuzung liegt die Bushaltestelle, von der der Lemming aber noch gut hundert Meter weit entfernt ist. Schwitzend, keuchend, außer Atem hastet er in Richtung der Station; es ist ein Rennen, das er nur verlieren kann, es sei denn ...

Das Licht der Ampel blinkt fisolengrün, springt nach oben, leuchtet kurz karottengelb und landet endlich beim ersehnten Paradeiserrot. Der Bus muss anhalten, der Lemming quert die Straße und schleppt sich mit Kuli in den Armen bis zur Haltestelle. Als er kurz darauf den Bus besteigt, röhrt an der Kreuzung das Motorrad auf: Die schwarze Drecksau hat die Fährte wieder aufgenommen.

Zwei Minuten lang verschnaufen. Zwei Minuten bis zur nächsten Haltestelle. Denn die übernächste ist die Endstation, und an der Endstation schaltet der Busfahrer den Motor ab, um auszusteigen und sich eine Zigarette anzuzünden. An der Endstation verwandelt sich das Fluchtfahrzeug in ein Gefängnis.

Nein, die nächste muss es sein. Der Lemming grübelt fieberhaft über das Straßennetz und das Gelände nach, darüber, wo sich Treppen, Engstellen oder andere Hindernisse finden, die sich nur zu Fuß passieren lassen. Gleich bei der Station sollten sie sein; ihm wird nur wenig Zeit bleiben, sobald er einmal aus dem Bus gesprungen ist. Doch während er noch über seinem Fluchtweg brütet, setzt der Hundefänger, der dem Bus bisher im Windschatten gefolgt ist, zu einem riskanten Überholmanöver an. Obwohl die Straße schmal und der entgegenkommende Verkehr beträchtlich ist, lässt er seine Maschine ausscheren und zieht links vorbei. Die Strategie des schwarzen Ritters ist durchschaubar, aber wirkungsvoll: Er wird gemütlich an der nächsten Haltestelle warten, um den Lemming zu empfangen und ihm Kuli zu entreißen.

Jede Flucht erfordert Planung, Kraft und Glück – oder die Fähigkeit der Improvisation. Auf einmal weiß der Lemming, wie es funktionieren kann. Er muss sich der Finte seines Gegners scheinbar fügen, um ihn dann in seine eigene Falle gehen zu lassen.

Wie erwartet, steht das Streitross auf dem Gehsteig neben der Haltestelle. Der schwarze Ritter hebt die

Lanze, als die Bustüren sich mit einem Fauchen öffnen. Doch der Lemming steigt nicht aus. Er steht im Heck des Busses, weithin sichtbar, aber – noch – nicht greifbar. Als der Bus sich wieder in Bewegung setzt, fährt auch der Hundefänger wieder los, und wieder überholt er, um die nächste Haltestelle anzusteuern.

Allerdings wird dort der Bus mit einiger Verspätung eintreffen.

„Bleiben Sie stehen!", brüllt der Lemming durch den Fahrgastraum. „Es brennt! Es brennt hier hinten! Halten Sie sofort den Bus an!"

Schon springen die anderen Passagiere auf und drängen schreiend zu den vorderen Klapptüren hin. Kein Einziger vergewissert sich, ob es im Heck des Busses wirklich brennt, sie alle wollen nur fort von der Gefahr, einer Gefahr, die lediglich in ihren Köpfen existiert.

„Jetzt brems doch endlich, Depperter!", kreischt eine Frau den Fahrer an, der ohnehin schon auf der Bremse steht. Sein aschfahles Gesicht und seine aufgerissenen Augen leuchten aus dem Rückspiegel.

Der Lemming rennt. Viel Zeit, das weiß er, hat er nicht: Zwei, höchstens drei Minuten, und dem schwarzen Ritter wird ein Licht aufgehen. Er wird seine Maschine wenden und sich wieder auf die Suche machen. Mit ein wenig Glück bleiben noch sechs Minuten, bis der Jäger seiner Beute wieder auf den Fersen ist. Gerade einmal sechs Minuten für fünfhundert Meter.

Er hält sich in Richtung Westen, läuft an einem Häuserblock entlang und hastet durch die Unterführungen unter den Gleisen der Franz-Josefs-Bahn. Hier, neben dem Donaukanal, lichten sich die Häuserfronten, rußgeschwärzte Mauern und Plakatwände säumen den Weg. Vorbei an einer Tankstelle und einigen modernen Stahlbetongebäuden, und schon sieht der Lemming die Heiligenstädter Brücke, die sich vor ihm über den Kanal spannt. Fünfzig Meter noch ...

Das wütende Geräusch des Motorrads ist nicht zu überhören; es nähert sich von hinten, und es nähert sich in Windeseile. Doch der Lemming ist schon auf der Brücke, deren rechte Brüstung einen schmalen Auslass hat. Hier kann man über eine steile Treppe zum Kanal hinuntersteigen. Diese Treppe hat er angesteuert, sie ist das ersehnte Hindernis, das Fußgänger von Bikern trennt, das Nadelöhr, das, wie er hofft, für ein modernes Motorrad genauso unpassierbar ist wie für ein biblisches Kamel.

Und endlich geht es abwärts, über die Betonstufen zur Promenade, die zwischen dem bräunlich-grünen Wasser des Kanals und der aschgrauen dreispurigen Autostraße eingeklemmt ist. Stolpernd, keuchend, aber auch erleichtert kommt der Lemming auf dem Gehweg an, als er in seinem Rücken ein Geräusch vernimmt: ein lautes Klappern, so als ließe ein sadistischer Gefängniswärter seinen Schlagstock über die Gitterstäbe der Zellen streifen. Doch das Klappern stammt von keinem Schlagstock. Es stammt vom Schaft der Lanze, der gegen die Streben des Treppengeländers schlägt. Der Ritter hat die Lanze unter seinen rechten Arm geklemmt, er steht halb aufgerichtet auf den Fußrasten und lässt das Motorrad über die Stufen abwärts rumpeln.

So viel zur erhofften Schutzwirkung des Nadelöhrs. Aber es gibt vielleicht noch eine andere Möglichkeit, dem Hundefänger zu entkommen.

Bis ins 14. Jahrhundert reichen die Bemühungen zurück, die Donau im Bereich der Wienerstadt zu zähmen, ihren Launen Einhalt zu gebieten, ohne ihre Kraft zu brechen. So entstand im Lauf der Zeit ein Nebenfluss, der knapp am Stadtzentrum vorbeifloss, um sich im Südosten wieder mit dem Hauptstrom zu vereinen: der Donaukanal. Vor etwa hundertfünfzig Jahren wurde der siebzehn Kilometer lange Durchstich zwischen Nussdorf und dem Praterspitz befestigt und sein Zulauf reguliert. Was aber nicht bedeutete, dass der Kanal keine Gefahren mehr barg. Denn abgesehen von einer hohen Zahl an Selbstmördern, die reihenweise von den Brücken sprangen, landeten auch regelmäßig Kinder und Betrunkene in den Fluten. Schließlich hat es Wien an Kindern, Alkoholikern und Lebensmüden nie gemangelt. Und so kam die Stadtverwaltung auf die glorreiche Idee, am Ufer des Kanals hölzerne Kähne anzubringen, mit denen Ertrinkende gerettet werden konnten.

Diese Rettungszillen, die aussehen wie vertrocknete Bananen, sind auch heute noch an manchen Stellen zu finden. Beispielsweise unter der Heiligenstädter Brücke ...

Als der Lemming Kuli in die Zille setzt und hektisch an der Kette zerrt, mit der der Kahn verankert ist, erreicht der Feind bereits die Promenade; kurz entschlossen springt er vom Motorrad, das mit einem dumpfen Poltern auf den Boden kippt, und läuft über die Böschung auf das Ufer zu. Die Fangschlinge zischt durch die Luft, verfehlt den Kopf des Lemming nur um Haaresbreite: Diesmal ist es nicht der Mops gewesen, den der Hundefänger anvisiert hat. Aber schon stößt sich der Lemming von der Ufermauer ab und überlässt das Boot der Strömung des Kanals.

„Schleich di, du Oaschloch!", krächzt er atemlos, wobei er seine Worte mit einer obszönen Geste unterstreicht.

Der schwarze Ritter steht am Ufer, stumm und regungslos wie eine Statue, und starrt der Zille nach. Von seinem Tatendrang ist nichts mehr übrig. Und so braucht es eine Weile, bis wieder Bewegung in ihn kommt: Er hebt die Hand und klappt das spiegelnde Visier des Sturzhelms hoch.

Doch seine Augen sind noch immer nicht zu sehen. Da sind nur Brillengläser, rund und leuchtend blau.

3.

Ein warmer Nieselregen malt Millionen kleiner Kreise in das Wasser. Nebelschleier ziehen träge über den Kanal. Es ist so windstill, dass die satten Grüntöne der Bäume und des dichten Buschwerks an den Ufern wie gemalt anmuten: die Kulisse eines Urwalds, hinter der die graue Stadt nur noch vermutet werden kann. Es sind entspannende, wohltuende Momente, in denen der Lemming die Gebäude und den Lärm, die Autos und die Menschen nicht nur aus den Augen, sondern völlig aus dem Sinn verliert.

Trotzdem sitzt ihm der Schreck noch immer in den Knochen. Insbesondere der Schreck, den ihm der Anblick der saphirblauen Brille eingejagt hat. Was um alles in der Welt hat es mit diesen Brillen auf sich?

Die Zille treibt sanft schaukelnd südwärts und passiert den Döblinger Steg, der sich wie ein graziles grünes Spinnennetz über den Fluss spannt.

„Friedrich Jäckel, 1910."

Der Lemming zuckt zusammen und starrt Kuli an. „Wie bitte?"

„Jeder halb gebildete Tourist würde auf Otto Wagner tippen", sagt der Mops. „Aber der Otto Wagner war zu dieser Zeit schon viel zu saturiert für so ein kleines Brückerl; er hat das Wiener Stadtbild eh schon längst im großen Stil geprägt gehabt. Nein, es war Friedrich Jäckel, der den Steg entworfen hat."

„Und woher, bitte, weißt du das?"

„Von dir, weil du daran gedacht hast." Kuli seufzt. „Ich kann deine Gedanken lesen, schon vergessen? Eigentlich hab ich gehofft, dass wir das Thema nicht noch einmal durchkauen müssen."

„Weißt du dann auch, was ich jetzt gerade denke?"

„Sicher: Warum spricht das Scheißvieh immer nur mit mir, wenn ich mit ihm allein bin?"

„Und warum?"

„Weil du nur mit mir sprichst, wenn du mit mir allein bist." Kuli zieht die Lefzen hoch – die süffisante Spielart eines Grinsens – und spitzt, plötzlich wieder ernst, die Ohren. „Sag, hörst du das?"

Ja, auch dem Lemming ist es eben erst bewusst geworden, dieses anschwellende Rauschen: ein Geräusch wie von einem monströsen Wasserfall, ein Brausen, wie man es wohl auch auf dem Sambesi hört, wenn man in einer Nussschale auf die Victoriafälle zutreibt.

Aber es besteht kein Grund zur Sorge; nicht die Kräfte der Natur erzeugen das verstörende Geräusch, sondern die Segnungen der Zivilisation. Es kommt vom Vormittagsverkehr auf den vier Fahrspuren der Gürtelbrücke, und es wird vom Lärm der Spittelauer Brücke und der U-Bahngleise noch verstärkt, die gleich dahinter über den Kanal führen. Auf der rechten Seite ragt der goldene Zwiebelturm der Müllverbrennungsanlage in den noch immer wolkenschweren Himmel.

„Hundertwasser, 1987", sagt der Mops.

Die Zeit gerinnt zur Ewigkeit. Zu einer durchaus angenehmen Ewigkeit. Der Nieselregen hat sich vollkommen gelegt, die Luft ist lau, das sanfte Schwanken in der Strömung wirkt beruhigend. Auch sind jetzt die Ufer wieder dicht bewachsen. Fett und fruchtbar drängen sich die Bäume und die Büsche aneinander; nachgerade tropisch säumen sie den Fluss. Der Lemming fühlt sich wie Walt Disneys Mogli, wenn er auf dem Bauch Balus, des Bären, auf dem Wasser durch den Dschungel treibt und es mit Ruhe und Gemütlichkeit probiert. So schaukeln Kuli und der Lemming eine ganze Weile Richtung Süden, und der einzige Beweis dafür, dass die Zeit weiterhin verstreicht, sind all die Brücken, die sie unterqueren: die Friedensbrücke und der Siemens-Nixdorf-Steg, die erst vor vierzig Jahren errichtete Rossauer Brücke und die schmucklose Augartenbrücke. Hier zieht sich die üppige Vegetation zurück, um breiten, asphaltierten Uferpromenaden Platz zu machen. Rechts, an der dem Zentrum zugewandten Seite, donnert die U4 durch ihren halb offenen Tunnel.

Ab und zu wirft Kuli einen Namen, eine Jahreszahl oder eine architektonische Betrachtung in den Raum, die meiste Zeit aber verbringen die zwei Seefahrer in einhelligem Schweigen. Die Idee, ein Ufer anzusteuern und an Land zu gehen, kommt ihnen nicht. Zu magisch sind die Farben und Geräusche aus der ungewohnten Perspektive, zu bezaubernd das Sich-Wiegen auf dem Wasser, zu berauschend ist die ganze Reise. Sie passieren das so genannte Hirnsegel, die Mole der früheren Kaiserbadschleuse, und das kleine, weiß und blau geflieste

Schützenhaus der Schleuse, dessen Architekt in diesem Fall wirklich jeder nur halb gebildete Tourist sofort erraten würde.

Nach der Salztorbrücke und der darauf folgenden Marienbrücke zieht sich auf der rechten Seite eine langgestreckte, von diagonalen Stahlpfeilern gestützte Glasfassade bis zur Schwedenbrücke hin: die Wiener Schiffsstation, von der sich mehrmals täglich der gefürchtete Twin-City-Liner auf den Weg nach Bratislava macht. Gefürchtet, weil der schnittige Katamaran mit bis zu siebzig Stundenkilometern über das Wasser brettert und sich deshalb weder bei den Fischen noch beim Fischereiverband besonderer Sympathien erfreut. Von Kajakfahrern und Kanalkanuten oder Rettungszillenkapitänen ganz zu schweigen.

„Heut ist Samstag", sagt der Mops. „Ein guter Tag für eine Schiffsfahrt in die Slowakei."

„Wie schön, dass du mir Mut machst", antwortet der Lemming grimmig.

Eine gute Stunde ist vergangen, seit die zwei in See gestochen sind, und trotzdem haben sie erst knapp vier Kilometer hinter sich gebracht. Nach der Marienbrücke dümpeln sie am Badeschiff vorbei, und nach der Aspernbrücke kommen sie zur Einmündung des Wienflusses, in dessen teils geschlossenem Betonbett Orson Welles vor siebzig Jahren Filmgeschichte schrieb.

Ein halbes Dutzend Brücken später taucht der dreiköpfige Zerberus der Viadukte aus dem Nebel: die Erdberger Brücke. Beiderseits flankiert von je einer Umfahrungsbrücke leitet sie die meistbefahrene Straße

Österreichs über den Fluss: die achtspurige, täglich von rund 180.000 Fahrzeugen befahrene Südost-Tangente.

„Eine Blech gewordene Hölle", brummt der Lemming.

„Du kannst also auch Gedanken lesen", gibt der Mops zurück.

Nach der Tangente wird es ruhiger – trotz der Schnellstraßen, die an den Ufern des Kanals entlangführen. Der bisher in Kurven durch die Stadt führende Fluss strömt nun geradeaus, die Böschungen sind wieder dicht bewachsen, und bis auf die Schornsteine des Kraftwerks Simmering sind keine hohen Bauten mehr zu sehen. Am linken Ufer schmiegen sich jetzt kleine Fischerhütten in die Landschaft. In der Hungerzeit der Nachkriegsjahre illegal errichtet und auch heute noch geduldet, sind sie mit quadratischen, horizontal gespannten Hebenetzen ausgestattet, so genannten Daubeln, die man auf den Flussgrund senken und wieder herausziehen muss, um mit viel Glück einen verirrten Fisch zu fangen.

„Oaschzahrer", sagt Kuli.

„Bitte?"

„Oaschzahrer. So heißen diese Netze bei den Wienern. Sag jetzt nicht, dass du das nicht gewusst hast." Und er fügt mit einem leichten Kopfschütteln hinzu: „Natürlich hast du es gewusst."

Dreieinhalb Stunden: Die beschauliche Passage neigt sich ihrem Ende zu. Denn schon ist er zu sehen, der große Mutterfluss, die Donau. Breit und stählern wälzt sie ihre Wassermassen Richtung Osten und verschluckt dabei das Wasser des Kanals so nebenher und unbeeindruckt wie ein Bartenwal das Plankton.

„Lässt sich dieser Kahn eigentlich steuern?", fragt der Mops mit einem Anflug von Besorgnis.

Auf dem Zillenboden, zwischen seinen Füßen, sieht der Lemming jetzt ein Ruder liegen, hölzern wie die Zille selbst, ein primitives Paddel, das ihn an die Sommer seiner Kinderzeit erinnert, an die unbeschwerten Ferien im Strandbad Gänsehäufel. Angesichts der maßlosen Gewalt des Donaustroms ist es ein lächerliches Spielzeug.

Trotzdem hebt der Lemming es nun auf und packt es fest mit beiden Händen. Denn er hat schon wieder einen Plan. Nur einen knappen Kilometer nach der Mündung des Kanals, dem Praterspitz, befindet sich die Einfahrt in das Becken des Alberner Hafens. Vorher anzulegen wird kaum möglich sein: Zu rasch und zu geradlinig fließt mittlerweile der Kanal in seinem Schotterbett, zu kräftig wird die Zille von der Donau angesaugt. Wenn sie sich aber nah am rechten Ufer halten, könnten sie es bis zum Hafenbecken schaffen.

Außer ...

Außer der Twin-City-Liner kommt gerade aus der Slowakei zurück und steuert direkt auf die Einfahrt zu, in der die Zille schaukelt. Der Katamaran rast übers Wasser wie ein fünfzig Tonnen schwerer Kampfstier, doch der Lemming ist nun einmal kein Torero.

„Fuck!", brüllt er und paddelt, wie er nie zuvor gepaddelt ist. Das rechte Ufer ist keine Option mehr, denn der Sog des Donauwassers zieht das Boot nach links, und durch ein Gegenlenken bliebe es auf einem tödlichen Frontalkurs mit dem Motorschiff. Der Lemming rudert also auch mit aller Kraft nach links, zur Donaumitte hin.

„Hart Backbord! Volle Kraft voraus, Matrose!", brüllt der Mops, den Kopf, die kleinen Ohren und das kurze Ringelschwänzchen hochgereckt.

Halt's Maul, du Trottel, denkt der Lemming.

„Das hab ich gehört!"

Um Haaresbreite schrammt der City-Liner rechts am Kahn vorbei, an seinen Fenstern sieht der Lemming Handys, Fotoapparate und die plattgedrückten Nasen der Touristenkinder kleben. Aber nach der Todesangst ist vor der Todesangst: Schon rast die Heckwelle des Schiffs heran und kracht gegen die Planken. Schlingernd, ungezügelt auf dem Wasser tanzend, wird das Boot noch weiter vom südlichen Ufer weggedrückt und von der Strömung mitgerissen. Es grenzt an ein Wunder, dass sich Kuli und der Lemming in der Zille halten können.

Und es grenzt zugleich an einen Alptraum, sich nun mitten auf dem bleigrauen, zweihundert Meter breiten Strom wiederzufinden. Riesenhafte Schlepper ziehen ihre Frachtkähne vorüber, Ausflugsschiffe tuckern links und rechts vorbei. Sie alle wirken völlig ungerührt, so unbeteiligt wie der Fluss, auf dem sie ihren festen Bahnen folgen. Nur die Zille hat kein Ziel und keinen vorgegebenen Kurs, sie ist nicht mehr als ein Stück Treibholz in den aufgewühlten Fluten, ein verwehtes Stäubchen im Orkan.

Der Lemming paddelt.

Irgendwann, nach sieben oder acht Beinahe-Kollisionen, nähert sich das Nordufer des Stroms. Weit über einen Kilometer ist der Kahn inzwischen auf der Donau abgetrieben; links ist schon der letzte Ausläufer der Donauinsel zu erkennen – eine langgestreckte Mole, hinter der sich der Lobauer Ölhafen befindet – und unmittelbar davor die steinige Alberner Schotterbank.

Dort stehen drei nackte Männer auf dem Kies und winken.

„Noch ein Achtel?"

„Gern."

Der groß Gewachsene mit dem rasierten Schädel und dem Unterlippenbärtchen zieht das Badetuch um seine Hüften fest und geht in die Kajüte. Kurz darauf kommt er mit einer feucht beschlagenen Flasche Weißwein wieder.

„Hunger?"

„Danke ... nein."

„Der Hund vielleicht?"

Vier Augenpaare wandern zu Kuli, aber der steht reglos an der Reling und beobachtet die Schleppschiffe, die drüben auf der Donau ihre Bahnen ziehen. Aus sicherer Entfernung bieten sie ein hübsches Bild.

Die drei inzwischen notdürftig bedeckten Nackten und der notdürftig bedeckte Lemming sitzen auf dem Deck eines Pontonboots, das am hinteren Rand der Schotterbank unter der dicht bewachsenen Böschung auf dem Trockenen liegt. Es ist ein so genanntes Daubelboot: Im Uferhang mit dicken Stahlstreben verankert, deren Enden mit Gelenken ausgestattet sind, passt es sich stets dem wechselhaften Wasserstand der Donau an. Zurzeit herrscht Niedrigwasser, und der zwar nicht fahrtüchtige, aber schwimmfähige Kasten ist zum Strandhäuschen mutiert.

Vor einer halben Stunde ist der Lemming über Bord gegangen. Freiwillig. Das Boot als menschliches Schleppschiff an Land zu ziehen, erschien ihm leichter, als mit einem Kinderpaddel gegen die verfluchte Strömung anzukämpfen. Und tatsächlich: Bald konnte er den heiß ersehnten Schottergrund unter den Füßen spüren. Kuli ist, die Vorderpfoten auf den Rand des Boots gestützt, am Bug gestanden wie eine zu kurz geratene Galionsfigur und hat die nackten Männer auf dem Kiesstrand angestarrt. Kaum ist die Zille dann auf Grund gelaufen, hat er einen eleganten Satz an Land gemacht und angefangen, die ihm unbekannte Insel zu erkunden.

„Interessante Art, hier anzureisen", hat der Nackte mit dem Borstenkopf und dem Dreitagebart bekundet und den Lemming angegrinst, während er ihm mit den zwei anderen dabei half, die Zille auf den Strand zu ziehen. „Per Fahrrad oder Bus ist es nicht halb so lustig."

„Lustig, ja ..." Der Lemming hat am ganzen Leib gezittert. Unterkühlt, durchnässt und vollkommen erschöpft hat er damit begonnen, sich die Kleider auszuziehen. Bald waren es vier Nudisten, die über den Kies zum Daubelboot des Unterlippenbärtchens stapften.

Die drei Männer haben sich dem Lemming nicht mit ihren echten Namen vorgestellt. „Ich bin der Lange", hat der Unterlippenbart gesagt und auf den Borstenkopf gezeigt, „das ist der Dünne." „Und ich bin der Alte", hat der kleinste der drei Herren gebrummt, ein grau melierter Mann mit kurzen Haaren und einem Ankerbart.

Schon seltsam, denkt der Lemming jetzt: Der Lange ist kaum jünger als der Alte, und der Alte ist kaum dicker als der Dünne, und der Dünne ist kaum kürzer als der Lange.

„Was ist eigentlich passiert da draußen?", fragt der Alte. „Freiwillig hat Ihre Überfahrt nicht wirklich ausgeschaut."

„War sie auch nicht." Der Lemming lässt den Blick zu Kuli wandern. „Wir sind auf der Flucht gewesen. Jemand hat es auf den Kleinen abgesehen."

„Auf wen?"

„Na, auf den Mops, auf Kuli, also Herkules."

„Aha ... Und wer?"

„Ein Hundefänger auf einem Motorrad. So ein Typ mit einer blau gefärbten Brille. Die heilige Maria hat auch so eine Brille aufgehabt. Die hat mir gestern Vormittag den Kuli ins Büro gebracht. Jetzt ist sie tot, ermordet. Und ich muss so rasch wie möglich in den Hund hineinschauen, um zu sehen, wem er gehört."

Der Lange und der Alte wechseln einen nachdenklichen Blick.

„Man sollte auch als Mensch von Zeit zu Zeit in sich hineinschauen lassen", sagt der Dünne leise.

„Es ist nicht ..." Der Lemming seufzt. „Ich weiß schon, was Sie meinen, und ich weiß auch, was Sie denken, und ich war auch schon beim Arzt. Der kann die Sache mit dem Hundefänger übrigens bezeugen, weil ..."

„Bei was für einem Arzt denn?", unterbricht der Lange.

„Bei einem Forensiker im Altersheim, also ... bei einem pensionierten Pathologen."

Schweigen macht sich breit. Von einem Wasserstrudel auf der Donau eingesaugt zu werden, muss sich ähnlich anfühlen, denkt der Lemming. Da kannst du dich noch so anstrengen, da kannst du zappeln, strampeln, um dein Leben kämpfen. Retten wird dich nichts. Und wenn drei nackte Männer sich einmal dazu entschlossen haben, dich als Irren abzustempeln, wirst du diesen Stempel nicht mehr los, da kannst du dich nur noch um Kopf und Kragen reden. Jedes deiner Worte wird den Eindruck deines Wahnsinns noch verstärken, und am Ende wird das Tribunal ein Urteil fällen, das seine Vorurteile voll und ganz bestätigt.

„Wenn Sie mir nicht glauben, fragen Sie ihn doch."

„Den Pathologen?"

„Nein." Der Lemming zeigt auf Kuli. „Ihn. Der Mops kann sprechen. Kuli, sag was!"

Kuli spitzt die Ohren und dreht den Kopf. Dann öffnet er das Maul – und gähnt.

„Da haben wir's", sagt der Alte. „Möpse reden mit den Augen oft vernünftiger als Menschen mit dem Mund."

Der Lange schaut auf seine nicht vorhandene Armbanduhr. „Ich muss dann langsam wieder in die Stadt zurück."

„Ich auch", stimmt ihm der Dünne bei. „Familie."

Der Weg zum Bus führt durch den lichten Auwald einen holprigen, von Bäumen überdachten Pfad entlang. Die Mücken schwirren, die Vögel zwitschern, Kuli tänzelt auf dem weichen Waldboden voran. Dahinter trottet mit gesenktem Kopf der Lemming, und an seiner Seite geht der Alte. Anders als der Lange und der Dünne ist er – wahrscheinlich wegen des mittäglichen Sprühregens – nicht mit dem Fahrrad hergekommen, und so ist er nun dazu gezwungen, in Gesellschaft des verrückten Zillendiebs zur Busstation zu wandern. Seine beiden Freunde haben sich längst auf ihre Drahtesel geschwungen und davongemacht, ein rascher Aufbruch, mit ein paar höflichen Floskeln dekoriert. Der Individualverkehr hat eben manchmal auch sein Gutes.

„Nichts ist, wie es scheint, und alles ist vielleicht ganz anders", knurrt der Alte.

„Bitte?"

„Nichts ist, wie es scheint, und alles ist vielleicht ganz anders!"

„Aber sicher ist das nicht", ergänzt der Lemming – und hebt gleich darauf verblüfft den Kopf: Die Worte sind ihm förmlich aus dem Mund gesprungen, wie auf Knopfdruck hat er sie gesagt. Er starrt den Alten an.

„Was haben Sie denn?"

„Ich weiß nicht, wie ich das beschreiben soll. Ich fühl mich manchmal ... wie ferngesteuert. Wie eine Romanfigur, die immer tiefer in die Scheiße rutscht, weil ihr ein stockbesoffener Schriftsteller die falschen Worte in den Mund legt."

„Interessant."

„Da haben Sie es! Schon wieder! Wenn ich so was sage, müssen Sie mich ja für einen Psychopathen halten!"

„Hm ..." Der Alte wiegt den Kopf. „Ich bin gerade hin- und hergerissen. Auf der einen Seite dieses höhere Wesen, das Ihnen die Worte in den Mund legt, die heilige Jungfrau und der Hund, der wie der Esel in der Bibel sprechen kann. Da kriegt man schon ein bisserl das Gefühl, dass Sie ein religiöser Spinner sind. Andererseits hab ich heut Früh die Zeitungen gelesen, und da steht ja schwarz auf weiß, dass eine Frau mit blauen Schweißerbrillen ermordet worden ist. Wobei Sie die Geschichte ja genauso aus der Zeitung haben können ..."

„Hab ich aber nicht!"

„Ich glaub Ihnen, dass Sie das glauben."

Die zwei Männer haben angehalten, Aug in Auge stehen sie einander gegenüber. Erst nach einer Weile wendet sich der Alte ab und setzt sich wieder in Bewegung.

„Hören Sie", sagt der Lemming leise, „ich weiß nicht, was ich jetzt tun soll."

„Was sagt denn Ihr stockbesoffener Schriftsteller?"

„Er lässt mich dastehen wie ein Idiot und Sie nach Ihrer Meinung fragen."

„Gut." Der Alte schmunzelt. „Also falls die Sache mit dem Hundefänger stimmt, dann sollten Sie sich vorsehen. Wenn er Ihnen nämlich bis zum angeblichen Altersheim des angeblichen Pathologen nachgefahren ist, kennt er höchstwahrscheinlich Ihren Namen und Ihre Adresse."

„Ich muss trotzdem heim. Meine Frau ist Tierärztin, sie hat zu Hause einen Scanner, und ich muss so bald wie möglich wissen, wem der Hund gehört."

„Sie könnten ihn doch einfach danach fragen."

„Eins zu null für Sie", murmelt der Lemming. „Und was soll ich machen, falls die Sache mit dem Hundefänger nicht stimmt?"

„Bücher schreiben", antwortet der Alte.

4.

Paradiesisch ist der Westen Wiens an diesem lauen Frühlingsabend. Noch umrahmt das letzte Abendrot die Umrisse des Wilhelminenbergs und schickt sein Dämmerlicht über die Weingärten. Der Lärm der Stadt ist hier fast nicht zu hören, es sind die Amseln, die zu dieser Tageszeit die erste Geige spielen.

Der Lemming ist daheim, aber noch nicht zu Hause. Er sehnt sich nach einer heißen Dusche, seine Kleider sind noch immer feucht, das in der Donau nass gewordene Handy hat er abgeschaltet. In der Küche wird er es in einem Topf mit Salz vergraben – oder muss es Reis sein? Dann unter die heiße Dusche, und danach in Klaras Untersuchungszimmer, um den Hund zu scannen.

Kuli schnauft den Weg bergan wie eine kleine Dampfwalze, kaum kann der Lemming mit ihm Schritt halten. Noch eine Kurve, dann wird Klaras weiß getünchtes Haus zu sehen sein, das vor drei Jahren abgebrannte und akribisch wieder aufgebaute Winzerhaus mit seinen dicken Steinwänden, den Butzenscheiben und dem roten Ziegeldach.

„Was hast du denn, Kuli?"

Der Mops hat angehalten. Er steht da wie eine Sphinx und glotzt mit glänzend runden Augen in die Dämmerung. Dann macht er eine Vierteldrehung, sieht den Lemming an und gibt ein schwer zu deutendes Geräusch von sich: ein tiefes, leises Knurren, wie es der Lemming bisher nur von seinem Magen kennt.

„Was soll das heißen?"

Kuli bleibt die Antwort schuldig. Ohne weitere Erklärung wendet er sich ab und schlägt sich seitlich in die Büsche.

„Kuli?"

Dann eben ein Umweg. Man ist ja an diesem Tag noch nicht genügend an der frischen Luft gewesen. Mit einem verhaltenen Fluch taucht auch der Lemming ins Gebüsch.

Drei Schatten sind es.

Zwei sind beiderseits des Gartentors postiert, der dritte lehnt an einem zehn Meter entfernt geparkten Auto. Er hat etwas um den Hals gehängt: Wie ein bizarres Amulett baumelt ein Brillengestell mit blauen Gläsern vor seiner Brust.

Der Lemming blinzelt durch die Zweige. Wie er jetzt erkennen kann, tragen auch die zwei anderen Männer Brillen um den Hals, ihr blaues Funkeln ist im Schimmer der Laterne vor dem Haus zu sehen.

Der Lemming wird wohl noch ein wenig länger frösteln, und sein Handy wird so bald nicht trocknen. Auch den Mikrochip in Kulis Nackenspeck wird er so bald nicht scannen können. Wenigstens kann er ihn fühlen, als er die Linke auf den Hinterkopf des Hundes legt.

„Das hast du gut gemacht", flüstert der Lemming.

„Stropek?" Dünn und etwas zittrig dringt die Stimme aus dem Hörer: ein akustisches Symptom beginnender Vergreisung, das den Lemming zwar berührt, aber nicht wirklich wundert. Immerhin steht Doktor Stropek, Chef der Personalabteilung des Schönbrunner Zoos, kurz vor der Pensionierung.

„Doktor Stropek? Wallisch hier. Leopold Wallisch."

„Bitte?"

„Hören Sie mich?" Der Lemming wirft noch eine Münze in den Schlitz des öffentlichen Telefons, als könne er auf diese Weise die Verbindungsqualität verbessern.

„Ja, ich kann Sie hören. Wer spricht?"

„Der Wallisch, Doktor Stropek. Ich war früher Nachtwächter im Tiergarten."

Für einen Augenblick herrscht Stille in der Leitung. Dann sagt Stropek: „Spät rufen Sie an."

„Es ist erst kurz vor acht, Herr Doktor."

„Nein, ich mein ja nicht die Uhrzeit, sondern ... Wallisch, es ist fast drei Jahre her, dass Sie den Hut genommen haben, und seither hab ich nichts von Ihnen ..."

„Mit Verlaub, Herr Doktor", unterbricht der Lemming, „aber ich hab nie den Hut genommen. Sie waren's, der mich vor die Tür gesetzt hat. Weil Sie mir zu Unrecht vorgeworfen haben, dass ich ein pädophiler Kindermörder bin."

Ein langgezogenes, an einen Walgesang gemahnendes Geräusch: das typische Stropek'sche Seufzen. „Gott sei Dank hat sich ja damals alles aufgeklärt."

„Natürlich hat es das", kontert der Lemming. „Aber meine Arbeit war ich trotzdem los. Sie haben mir weder angeboten, nach Schönbrunn zurückzukommen, noch haben Sie mich angerufen, um sich zu entschuldigen."

Und wieder schickt der Wal sein halblautes Lamento durch den Hörer. „Wallisch, Wallisch ... Schauen S', ich bin ein bisserl in Zeitnot, gleich beginnt das Hauptabendprogramm. Drum schlag ich vor, wir kürzen die Verhandlungen ab. Sie wollen eine Entschuldigung? Geschenkt. Und obendrauf gibt's eine Jahreskarte für den Tiergarten. In Ordnung?"

„Mit Ihrer Jahreskarte können Sie sich ..." Gerade noch verbeißt der Lemming sich den Rest des Satzes. „Eine Jahreskarte haben wir sowieso, weil meine Frau, wie Sie vielleicht noch wissen, zweimal wöchentlich als Tierärztin bei Ihnen arbeitet."

„Die Frau Magister Breitner, ja natürlich. Die Veterinärin und der Nachtwächter. Bemerkenswert, dass sich die Frau Magister mit so einem ..." Jetzt ist es an Stropek, sich die Unverschämtheit zu verkneifen, die ihm auf der Zunge liegt. Ob ausgesprochen oder nicht, die Unverschämtheit schwebt nun trotzdem in der Luft wie eine Dissonanz, die ja gemäß der Harmonielehre nach Auflösung verlangt.

„Dass sich die Frau Magister mit so einem was?"

„Nichts, Wallisch, nichts. Also was wollen Sie jetzt von mir?"

„Ich muss noch heute Abend in den Zoo. Beziehungsweise in die Tierarztpraxis."

Äußerst ungewöhnlich, Stropek sprachlos zu erleben, denkt der Lemming, als es eine Weile still im Hörer bleibt.

„Sind Sie meschugge?", fragt der Alte dann. „Was wollen Sie denn dort anstellen, jetzt, um diese Tageszeit?"

„Ich muss jemanden untersuchen. Meine Frau ist weggefahren, und ihre Privatpraxis ist ... zugesperrt."

„Genauso wie der Tiergarten. Und überhaupt: Sie wollen wen untersuchen, Wallisch? Haben Sie in Rekordzeit Medizin studiert?"

„Natürlich nicht, Herr Doktor. So ein Studium könnt unsereiner nie im Leben schaffen. Nachtwächter bleibt Nachtwächter, das ist bei uns eine genetische Veranlagung, wir sind gewissermaßen schon als Nachtwächter geboren."

„Wen meinen Sie mit *wir*?"

„Na mich und den Kollegen, der heut Nacht im Tiergarten die Runden dreht. Den Dings ..."

„Pokorny."

Diesmal ist es keine Frechheit, die der Lemming nur mit Mühe unterdrücken kann, sondern ein Jubelschrei. Bis über beide Ohren grinsend hüpft er in der Telefonzelle herum wie eine Heuschrecke im Einmachglas, während sich Kuli an die Wand drückt, um sich keinen ungewollten Fußtritt einzufangen.

„Wenn ich wieder einmal etwas für Sie tun kann, Wallisch, rufen S' zur Bürozeit an. Und zwar beim Salzamt. Jetzt ist zehn nach acht, mein Film fängt an. Habe die Ehre, Wallisch."

„Sie mich auch, Herr Doktor", sagt der Lemming, aber Stropek hat schon aufgelegt.

Pokorny. So ein Glücksfall.

Neunzehn Jahre ist es her, dass ihm Pokorny, dieser kunstverliebte Kauz, ans Herz gewachsen ist. Davor ist eine

Anstellung im Zoo ihr einziger Berührungspunkt gewesen. Ein Berührungspunkt, der freilich kaum Berührung mit sich brachte. Sie waren abwechselnd zum Nachtdienst angetreten, sodass sie einander nicht einmal die Klinke in die Hand gaben, wenn sie einander ablösten. Dann aber war etwas passiert, nämlich eine Verbrechensserie, die mit einem aufgeknüpften Pinguin begonnen und mit einem toten jungen Mann geendet hatte. Und kein anderer als Josef Pokorny hatte sich als eine der zentralen Figuren in diesem mörderischen Spiel entpuppt. Keine gesetzestreue, aber eine selbstlose und redliche Figur, ein schrulliger Idealist, mit dem man trinken, blödeln und philosophieren konnte. Dass Pokorny immer noch als Nachtwächter im Zoo arbeitet, ist erstaunlich. Müsste er nicht längst pensionsreif sein?

Zum Glück misstraut der Lemming allen Daten, die als unsichtbare Bits und Bytes in seinem Handy lagern. Diesbezüglich ist er immer noch ein Steinzeitmensch. Er trägt ein kleines, aus Papier gefertigtes Notizbuch in der Tasche, das ihm nicht nur als Terminkalender, sondern auch als Telefonverzeichnis und Adressbuch dient. Papier lässt sich halt auch noch lesen, wenn es nass geworden ist, und meistens kann man auf Papier sogar noch Telefonnummern entziffern, die man sich vor neunzehn Jahren eingetragen hat.

„Dass ich das noch erlebe! Poldi Wallisch!"
    „Pepi!"
    „Alter Freund und Zwetschkenröster!"

Vor dem Tor zum Wirtschaftshof des Tiergartens fallen sie einander in die Arme.

„Schön, dass du mich noch erkennst nach all den Jahren", sagt der Lemming. Er überspielt damit den leisen Anflug von Bestürzung, den Pokornys Anblick ihm beschert. Sein Freund ist alt geworden, wirklich alt. Die Haare weiß und schütter, das Gesicht zerfurcht, die buschig überwachsenen Augen rot gerändert.

„Ja, es ist ein Glück, dass du mich vorher angerufen hast. Wer weiß, für wen ich dich gehalten hätt, am Ende hätt ich noch geglaubt, dass oben am Friedhof einer aus dem Grab geklettert ist."

„Das glaub ich manchmal selber", nickt der Lemming mit einem halb wehmütigen, halb verschmitzten Lächeln.

„Und das ist der Patient?" Pokorny zeigt auf Kuli. „Ein Chinese?"

„Warum ein Chinese?", fragt der Lemming.

„Weil der Erste seiner Art im alten China angefertigt wurde: Lo-Chiang-sze war seines Zeichens kaiserlicher Hund am Hof des großen Song Taizong. Der spätere Kaiser Han Lingdi erhob seine geliebten Möpse sogar in den gleichen Rang wie seine Ehefrauen." Pokorny grinst. „Also ein waschechter Chinese."

„Dafür spricht er aber ausgezeichnet Deutsch", murmelt der Lemming. „Woher du nur immer alle diese Dinge weißt ..."

„Man schnappt halt hier und da was auf, besonders, wenn man sich für alles interessiert. Es gibt Zusammenhänge in der Welt, das tät man gar nicht glauben, wenn man es nicht wissen tät. Wobei es leider auch passieren kann, dass man etwas nur zu wissen glaubt. Ich selber war ja nie in China, und schon gar nicht vor dreitausend Jahren, also glaub ich diese Dinge nur zu wissen, weil ich glaube, was die Wissenschaftler sagen. Anders als die ganzen religiösen Spinner, die zu wissen glauben, was die Glaubenschaftler sagen."

„Es ist kompliziert."

„Du sagst es. Das zumindest wissen wir."

Pokorny schließt das Tor ab und bedeutet Kuli und dem Lemming, ihm zu folgen. „Wenn du deinen Mops nur scannen willst, dann sparen wir uns den weiten Weg hinauf zur Tierarztpraxis. Bei den Pflegern drüben im Kroko-Pavillon liegt nämlich auch ein Scanner."

„Glaubst du?"

„Weiß ich, Poldi. Und danach machen wir uns im Wächterhaus ein Flascherl Roten auf."

Es dauert keine zwei Sekunden, bis die Nummer auf dem Display des handlichen Kästchens auftaucht, das der Lemming über Kulis Nacken kreisen lässt. Pokorny steht daneben, um die Ziffernfolge in sein Smartphone einzugeben. Schon davor hat er die Website von *My-digipet* geladen, einer Heimtierdatenbank, auf der die meisten Bellos, Waldis, Strolchis, Beethovens und Hassos registriert sind.

„Bingo", sagt Pokorny.

Mops, männlich, geboren: 22.3.2020, Rufname: Herkules
Tierhalter: MSc Lothar Blaschek

Adresse: Riegel 87, 7223 Sieggraben
Telefon: 0043 7726850255

„Ein kleiner Herkules aus China also. Und er wohnt in Sieggraben: im tiefsten Burgenland. Wie ruft man einen Herkules? Am ehesten wahrscheinlich *Herki*."

„Kuli", sagt der Lemming.

„Ja, hast recht!" Pokorny lacht. „Das klingt gleich viel chinesischer. Fragt sich, wie er mit seinen kurzen Haxerln nach Wien gekommen ist. Wo hast du ihn denn eigentlich gefunden?"

„Er hat mich gefunden, Pepi. Komm, wir gehen ins Wächterhaus und ich erzähl euch alles."

„Euch?"

„Na, dir und deiner Flasche Rotwein."

Kuli hat sich auf dem abgewetzten Sofa breitgemacht, das gleich neben dem Schaltpult mit den Überwachungsmonitoren steht, während Pokorny und der Lemming mit zwei unbequemen Hockern vorliebnehmen. Die Behaglichkeit entsteht in ihrem Fall durch den Genuss der mittlerweile zweiten Flasche Spätburgunder, kommt also von innen.

„Die Ermordete, die dir den Hund gebracht hat", meint Pokorny, „war vielleicht die Ehefrau von diesem Blaschek, diesem Wissensmeister ..."

„Wissensmeister?"

„MSc, Master of Science, Poldi. Jedenfalls, die Gattin fährt mit dem Familienhund nach Wien, zum Shopping, und vor dem Entree vom Gucci oder Tiffany trifft sie am

Kohlmarkt ihren Lover, um ihm mitzuteilen, dass es mit ihr vorbei ist. Leider ist der Kerl aber bei der Russenmafia und kann es auf den Tod nicht ausstehen, wenn ihm eine seiner Flammen einen Korb gibt. Sie hat keine Kinder, also droht er ihr, stattdessen ihr geliebtes Hunderl zu faschieren, wenn sie nicht ..."

„Pepi", unterbricht der Lemming.

„Was denn?"

„Lass es sein. Heut Nachmittag hat mir ein netter älterer Herr geraten, ich soll Bücher schreiben, aber dir kann ich beim Fabulieren nicht das Wasser reichen."

„Ich versuch halt, Theorien zu entwickeln", sagt Pokorny indigniert. „Man kann sich doch der Lösung deines Rätsels gar nicht anders nähern. Es ist wie beim guten Galilei. Er schaut sich die Erde und den Himmel an, und alle Vorgänge, die er dabei beobachtet, sind wie ein bunter Haufen Puzzlesteine: hier die ständige Veränderung von Mond und Venus, da die wechselnden Gezeiten, dort wieder die unbestreitbare Erkenntnis, dass die Atmosphäre ein Gewicht besitzt. Ein Haufen Puzzlesteine, wie gesagt. Man weiß, dass sie ein Bild ergeben werden, wenn man sie zusammensetzt, aber man weiß nicht, welches. Und wenn dieses Bild am Schluss der offiziellen Weltanschauung widerspricht, hat man halt Pech gehabt und wird mit lebenslanger Kerkerhaft bestraft."

„Dass sich die Erde um die Sonne dreht, hat aber hundert Jahre vorher schon der Nikolaus Kopernikus entdeckt, und den hat man sogar als Domherrn eingesetzt."

„Natürlich. Und warum?" Pokorny setzt ein abfälliges Grinsen auf. „Weil Dogmen eine Modesache sind, genauso wie die Strafen für die Ketzer, die es wagen, unsere Weltordnung zu hinterfragen. Den Kopernikus hat man belächelt, weil man seine Theorien für Spinnereien hielt – schließlich müsste uns der Fahrtwind alle von der Erde fegen, wenn sie durch das Weltall flöge –, und den Galilei eingesperrt. Dass heut nicht mehr die Kirchenlehre, sondern die Doktrin des wissenschaftlich Nachweisbaren gilt, macht wenig Unterschied, weil vielleicht morgen schon bewiesen werden kann, was heute noch als Spinnerei gilt."

„Also bist du doch ein Glaubenschaftler, Pepi."

„Willst du mich beleidigen? Ich sag nur, dass man zweifeln, phantasieren und grübeln dürfen sollte, immer und zu jeder Zeit. Man darf halt seine Phantasien nicht als fundierte Tatsachen verkaufen. Dort beginnt nämlich die Dummheit, die blasierte, selbstherrliche Schwurbelei. Wer weise ist, zweifelt dagegen auch an seinen Zweifeln."

„Du hast recht." Der Lemming hebt entschuldigend die Hände. „Deine Hypothese mit der Russenmafia ist zwar eine Spinnerei, aber sie könnte sich versehentlich als wahr erweisen. Obwohl sie mir nicht verrät, warum die Russen und die untreue Frau Blaschek blaue Schweißerbrillen tragen."

„Tarnung", wirft Pokorny ein.

„Okay ... Wir werden mehr wissen, wenn ich den Blaschek angerufen hab. Magst du mir kurz dein Handy leihen?"

Pokorny reicht es ihm. Zuvor hat er aus der neben dem Wächterhaus gelegenen Futterküche einen Sack mit Reis geholt, in dem der Lemming sein noch immer feuchtes Smartphone eingegraben hat.

Das erste Freizeichen ist kaum verklungen, als sich eine Männerstimme meldet.

„Ja?"

„Verzeihen Sie die späte Störung", sagt der Lemming. „Spreche ich mit Lothar Blaschek?"

Eine lange Pause. Flache Atemzüge in der Leitung.

„Ja, hier Blaschek", sagt die Stimme dann.

„Ich hab den Herkules bei mir, Herr Blaschek, Ihren Hund. Entschuldigung, ich hab mich gar nicht vorgestellt. Mein Name ist ..."

„Ihr Name ist mir scheißegal", zischt Lothar Blaschek. „Ihren echten würden Sie mir sowieso nicht sagen, und auf Pseudonyme kann ich gern verzichten."

„Warum sollte ich ..."

„Sie haben jetzt also meinen Hund. Und was soll ich dagegen tun? Ich kann Ihnen, verdammt noch mal, nicht geben, was es gar nicht gibt!"

Der Lemming hat den Lautsprecher des Handys aktiviert, um auch Pokorny mitlauschen zu lassen. Dessen irritierte Miene tröstet ihn ein wenig: Auch Pokorny scheint aus Blascheks Reaktion nicht klug zu werden.

„Mit Verlaub, Herr Blaschek, aber ich ... Ich will ja nichts von Ihnen. Höchstens ein paar Hinweise."

Wie eine kleine Splitterbombe platzt ein schrilles, höhnisches Gelächter aus dem Smartphone und hallt von den

Wänden wider. „Hinweise!", schreit Blaschek. „Sie und Ihre Hinweise!"

Der Lemming zuckt zurück, Pokorny reißt die Augen auf, selbst Kuli hebt den Kopf und spitzt die Ohren.

„Wuff!", blafft Kuli.

„War er das? War das der Herkules?", fragt Blaschek, plötzlich wieder ruhig.

Der Lemming nickt, was Blaschek aber – auch mit aktivierter Lautsprecherfunktion – nicht sehen kann. „Wenn Sie wollen, können Sie ihn noch heut Abend holen, Herr Blaschek. Allerdings ist er in Wien."

„Ja und? Was glauben Sie, wo ich bin?"

„Auch in Wien?"

„Sagen Sie, tun Sie nur so blöd? Sie werden doch wohl noch wissen, wo Sie ihn entführt haben!"

„Ich hab ihn nicht entführt!" Schön langsam reißt dem Lemming der Geduldsfaden. „Der Hund ist mir gebracht worden! Und wenn Sie sich eventuell mit dem Gedanken tragen könnten, mir zu glauben, was ich sage, wäre das ein wirklich guter Ausgangspunkt für unser weiteres Gespräch! Ich kann auch mit dem Herkules zu Ihnen kommen, wenn Sie mir Ihre Adresse sagen."

„Ich ... Ich bin noch im Büro."

„Aha. Und weiter?"

„Firma *TRALIMAN*, in der Elisabethallee gleich bei der Maria-Theresien-Kaserne."

„Da sind Sie bei mir ums Eck, da könnten wir uns ja auf halbem Wege treffen. Sagen wir, vor dem Tiroler Tor?"

„Wo ist das?"

„Zwischen der Kaserne und dem Friedhof, am südlichen Ende vom Schönbrunner Tiergarten."

„Okay."

„In einer halben Stunde?"

„Gut."

„Ach, eine Frage noch, Herr Blaschek", sagt der Lemming, dem Pokornys Mafiamärchen immer noch im Kopf herumgeistert. „Sind Sie verheiratet?"

„Warum wollen Sie das wissen?" Wieder flammt das Misstrauen in Blascheks Stimme auf.

„Weil Sie Ihre Familie warnen sollten, wenn man schon erfolglos Ihren Hund gekidnappt hat."

„Ich habe weder Frau noch Kinder", murmelt Blaschek.

„Gut." Der Lemming grinst Pokorny an. „Dann sehen wir uns in einer halben Stunde beim Tiroler Tor."

Da ist er also, der Altvordere, der Urahn aller Möpse. Bernsteinfarben leuchten seine Augen aus dem Unterholz, argwöhnisch mustert er die kleine Karawane, die an seiner eingezäunten Welt vorbeizieht. Vorn zwei ins Gespräch vertiefte Menschen, hinter ihnen ein gedrungenes, vierbeiniges Geschöpf, nicht größer als ein Welpe, aber dick wie eine Wölfin, kurz bevor sie ihre Jungen wirft. Auch seine Witterung ist befremdlich: ein wolfsähnlicher, aber nicht wirklich wölfischer Geruch. Das deformierte Wesen ist ein Zerrbild, eine Wolfskarikatur. Jetzt trippelt es mit seinen kurzen Beinen an den Zaun, bleibt stehen und glotzt zurück.

„Komm her, lass dich nicht fressen, Kuli!", ruft der Lemming leise, und Pokorny kichert.

„Deshalb dürfen also keine Hunde in den Zoo", sagt er. „Die Wölfe täten uns ja sonst vor Schreck tot umfallen, wenn sie sehen, wohin sich ihre stolze Spezies entwickelt hat."

Besonders in der Dunkelheit des späten Abends ist der Fußweg, der die drei durch einen dichten Wald bergan führt, märchenhaft. Abseits des Trubels der Mangusten, Kraniche und Affen leben hier die nachtaktiven Tiere: Käuze, Uhus und natürlich Luchse. Ohne dass sie sich den Wanderern zeigen, ist ihre Präsenz doch spürbar: ein verhaltenes Rascheln im Geäst, ein leiser Flügelschlag, das Flackern eines argwöhnischen Augenpaars im Finstern. Für Momente lässt sich hier erahnen, dass der Mensch im Grunde immer noch ein blinder, nackter Wurm ist, ein durchtriebener und skrupelloser zwar, aber ein Wurm. Und dass die Schöpfung ohne diese fragwürdige Krone zweifellos besser gelungen wäre.

Das Tiroler Tor steht südlich des Tiroler Hofs am Ende des Tiroler Wegs. Gleich außerhalb des nachts versperrten Gittertors befindet sich die Tierarztpraxis, in der nicht nur Zoo-, sondern auch Haustiere behandelt werden. Dank Pokornys offiziellem Dienstschlüssel können die Männer und der Hund das Tor passieren; sie stellen sich vor das niedrige Gebäude der Ordination und warten. Gegenüber brennt ein stilles Lichtermeer – die Kerzen auf den Gräbern des Hietzinger Friedhofs –, links zieht sich der ausgestorbene Seckendorff-Gudent-Weg dreihundert Meter weit bis zur Elisabethallee. Durch diese Gasse müsste Lothar Blaschek kommen. Aber Blaschek hat es anscheinend nicht eilig.

„*TRALIMAN*: Weißt du, was das für eine Firma sein soll?", fragt Pokorny.

„Nie gehört." Der Lemming zückt sein Smartphone, das er zwar wieder an sich genommen, aber noch nicht wieder eingeschaltet hat.

„Wie lang hast du das Ding im Reis getrocknet? Eine lächerliche Stunde? Da, nimm lieber meins." Pokorny zieht sein Handy aus der Tasche und reicht es dem Lemming.

„*TRALIMAN*, da haben wir's ja: Traffic Light Management. Aha ..."

„Was steht da, Poldi?"

„Es ist quasi eine Ampelfirma, angeblich sogar die größte in Europa. Anlagen für Lichtsignale, so weit kann ich's noch verstehen. Der Rest ist fachlateinisches Gefasel: konsistente LED-Technologie, organisches Verkehrsflussmanagement, interaktive Steuertechnik und so weiter."

„Äußerst interessant. Ist da auch irgendwo der Blaschek?"

„Ein Momenterl ..." Der Lemming tippt. „Da ist er ja."

Das Foto eines jungen Mannes taucht auf dem Display des Handys auf. Ein schmales, blassrosa Gesicht mit hellgrünen, von dichten blonden Brauen fast verdeckten Augen.

„Manche Leute sollten öfter in die Sonne", sagt der Lemming.

„Das erzählst du einem Nachtwächter? Du machst mir Spaß."

„Im Gegensatz zum Blaschek könntest du dich aber endlich pensionieren lassen und dir die Welt anschauen. Die echte Welt. Bei Sonnenlicht."

Pokorny nickt. „Wahrscheinlich sollte ich das machen", sagt er leise.

Kuli sitzt zwischen den beiden Männern und starrt in die Dunkelheit. Das Einzige, was sich an ihm bewegt, ist seine Nase. Kuli schnuppert. Vielleicht wittert er die Ausdünstungen der Giraffen, Faultiere und Gnus, die manchmal in der Tierarztpraxis hinter ihm zu Gast sind. Vielleicht wartet er auch voller Sehnsucht auf sein Herrchen und versucht, dessen Geruch in der von tausend Duftwogen durchströmten Nachtluft zu erschnüffeln.

Aber Blaschek lässt sich Zeit.

„Sag, hast du wirklich mit dem Hund geredet?", fragt Pokorny.

„Es gibt viele Menschen, die mit ihren Hunden reden."

„Aber wenig Hunde, die mit ihren Menschen reden. Also sag schon."

„Was?"

„Na, ob der Kuli sprechen kann."

Der Lemming ringt nach Worten. Vorhin, nach der ersten Flasche Wein, mag ihm ein Satz zu seinen dubiosen Zwiegesprächen mit dem Hund herausgerutscht sein, aber dieses Thema will er jetzt nicht gern vertiefen. Dazu liegt es ihm zu sehr im Magen.

„Ich ... weiß nicht. Zweimal hab ich mir so etwas eingebildet, aber ..." Unwillkürlich greift er in die Jackentasche, um das Leinensäckchen mit dem Kautabak herauszuziehen.

„Vor mir musst du dich echt nicht schämen", meint Pokorny lächelnd. „Wie gesagt, vielleicht kann morgen schon bewiesen werden, was heut noch als Spinnerei gilt. Oder, um den guten alten Shakespeare zu zitieren: Es gibt mehr Dinge im Himmel und auf Erden, als Eure Schulweisheit sich träumt."

„Mag sein." Der Lemming holt eine der krummen Wurzeln aus dem Sack und führt sie an die Lippen, hält aber in der Bewegung inne.

Kuli knurrt. Er knurrt genauso, wie er heute Nachmittag in Ottakring geknurrt hat: ein verhaltenes Grollen aus der Tiefe seines kleinen Körpers, das man eher spüren als hören kann. Er steht auf, macht einen Schritt nach vorn und späht den Weg entlang in Richtung Süden.

Dort kommt Lothar Blaschek. Doch er kommt nicht wie ein Mann, der einem Wiedersehen mit seinem Hund entgegenfiebert, sondern wie ein Mann, der vor die Hunde geht. Sein blassrosa Gesicht ist nicht mehr rosa, sondern kreideweiß, sein hochgewachsener Körper ist gebeugt, die Arme sind nach vorn gestreckt, als wolle er nach dem sprichwörtlichen Strohhalm greifen. Blascheks linkes Bein ist offenbar gebrochen: Zwischen Knie und Knöchel knickt es wiederholt nach außen ab. Mit kurzen, unsicheren Schritten torkelt Kulis Herrchen dem Tiroler Tor entgegen. Hinter ihm strahlt etwas auf: der runde Scheinwerfer eines Motorrads.

„Pepi, bring den Kuli weg! Sperrt euch im Zoo ein!", brüllt der Lemming. Er brüllt es über die Schulter, denn er ist schon losgelaufen. Losgelaufen, ohne einen weiteren Gedanken auf den Umstand zu verschwenden, dass er jetzt demselben Scheißkerl entgegenrennt, vor dem er heute Vormittag geflüchtet ist: dem schwarzen Ritter.

Lothar Blaschek ist schon fast in Reichweite, der Lemming kann seine vor Schreck geweiteten, blutunterlaufenen Augen sehen. Von hinten nähert sich mit lautem Röhren das Motorrad, aber Blaschek wendet sich nicht um. Er hebt den Kopf und starrt den Lemming an, und dann macht er eine Bewegung, die den Lemming tief erschüttert, eine kleine wegwerfende Geste mit der rechten Hand. Vergiss es, heißt die Geste, jetzt ist es vorbei, es gibt nichts mehr zu retten.

Blaschek strauchelt, doch er fällt nicht. Denn im selben Augenblick wirft ihm der Hundefänger mit bewundernswerter Präzision die Fangschlinge über den Kopf. Fast gleichzeitig schlittert der Hinterreifen der Maschine über den Asphalt: Der Ritter wendet das Motorrad und gibt wieder Gas.

Der Lemming rennt. Nein, nur die Beine rennen. Denn der Rest ist bereits angekommen. Seine Augen, seine Ohren, sein Herz und seine Hände sind bei Lothar Blaschek, sehen den Schädel, der zurückgerissen wird, und hören das kurze Aufstöhnen, als sich der Draht der Schlinge in die Kehle gräbt, und fühlen, wie Blaschek stirbt. Nur seine Hände sind noch unentschlossen: Wollen sie Blaschek trösten, ihm die Stirn kühlen und ihn während seiner letzten Atemzüge halten, oder wollen sie doch lieber mit aller Kraft auf den verdammten Mörder einprügeln, ihn von seiner Maschine zerren und totschlagen.

Egal. Die Hände können nichts mehr tun. Nicht helfen und auch nicht bestrafen. Denn der Lemming kommt zu spät, ob seine Beine rennen oder nicht. Schon wird der schlaffe Körper Lothar Blascheks von ihm fortgezerrt, so rasch, dass nicht einmal ein jüngerer Mann ihn noch erreichen könnte. Eine Blutspur hinterlassend, schlingert er über das Straßenpflaster und verschwindet in der Dunkelheit.

Der Lemming rennt.

5.

Der Mensch ist ein bedauernswerter Maschinist, ein Schiffsmechaniker auf einem Seelenverkäufer, der durch eine aufgewühlte See von Plagen treibt. Die meiste Zeit ist er damit beschäftigt, Schäden zu beheben, zwischen Lecks, gebrochenen Kolbenringen und defekten Kurbelwellen hin und her zu hasten, um den endgültigen Schiffbruch zu vermeiden. Oder besser: zu verzögern. Denn vermeiden lässt der Untergang sich auf die Dauer nicht. Er ist das Amen im Gebet des Lebens.

Am fatalsten sind die unsichtbaren Schäden. Nicht die offenen Wunden, aus denen das Blut strömt, nicht die inneren Verletzungen, die Lungenrisse und Tumore, die man zweifelsfrei auf Röntgenbildern sehen kann, nicht einmal die penetranten, Tag für Tag befriedigt werden wollenden Bedürfnisse wie Hunger, Durst und Müdigkeit: Auch sie sind chemisch nachweisbar und graphisch zu belegen. Nein, am schlimmsten sind die tief verborgenen Gebrechen und Gelüste, die das Leben nicht nur einfach so beenden, sondern zum Martyrium geraten lassen können. Sie sind potenzielle Monsterwellen, die scheinbar aus dem Nichts auftauchen und das Schiff bei Nacht und Nebel unter sich begraben.

Meistens ist es ja ein Mangel an Geborgenheit und Liebe, der einen Verlust der Selbstachtung nach sich zieht.

Dieser unsichtbaren, feinstofflichen Wunde folgt am Ende eine unstillbare Gier nach Macht und Anerkennung. Ein tagtäglich zehrendes Verlangen, das, selbst wenn es sich vorübergehend stillen lässt, bei der kleinsten Flaute umso heftiger wieder hervorbricht. Irgendwann reißt die Manie des Ungeliebten, seelisch Ungefestigten nicht nur ihn selbst, sondern auch andere ins Verderben. Manchmal nur ein paar, manchmal Millionen andere.

So sehen die ersten – gleichsam noch traumflüssigen – Gedanken beim Erwachen aus. Es sind die Nachwehen der unfassbaren letzten Bilder vor dem Einschlafen: der Hundefänger, siegreich aufgerichtet über Lothar Blascheks Torso. Seine hochgereckten Hände. Eine hält die Lanze mit der bluttriefenden Drahtschlinge, die andere Blascheks abgetrennten Kopf. Um ihn hat sich ein Menschenkreis gebildet, mindestens zehn schweigende Gestalten. Alle tragen saphirblaue Brillen ...

Der Lemming ist nicht weit gerannt. Zweihundert Meter weit vielleicht. Die Blutspur hat ihn den Seckendorf-Gudent-Weg entlang bis zur Elisabethallee geführt. Kurz vor der Kreuzung, direkt vor dem Friedhofstor, ist er dann auf die grausige Versammlung gestoßen.

Die Gedankengänge, die ihn in den Wachzustand begleiten, haben schon bei diesem Anblick eingesetzt. Bei diesem Bild, das einem drittklassigen Abenteuerfilm oder einem missglückten Bühnenstück über den Ku-Klux-Klan entnommen schien. Nur spitze Kapuzen und lodernde Fackeln haben noch gefehlt.

Der Lemming hat zu rennen aufgehört. Und dann hat er etwas getan, das man mit gutem Willen als couragiert bezeichnen könnte, das aber in Wahrheit eine ausgemachte Dummheit war.

„Ihr seid ja alle wahnsinnig!", hat er gebrüllt.

Der Hundefänger hat sich zu ihm umgedreht. Wenn seine Augen hinter dem Visier des Sturzhelms auch nicht sichtbar waren, so hat der Lemming doch gewusst, dass ihn die Drecksau anstarrt – und erkennt. Als sich ihm auch die anderen zuwandten und ihn durch ihre blauen Brillengläser musterten, ist ihm eine Bezeichnung aus seiner Kindheit eingefallen, ein Ausdruck aus dem legendären Beatles-Trickfilm *Yellow Submarine: blue meanies*, auf Deutsch *Blaumiesen* – Musik hassende, blauhäutige Scheusale, der Inbegriff des Bösen.

Der Lemming hat in seinem Rücken eine flüchtige Bewegung wahrgenommen, ein Geräusch und einen Lufthauch im Genick. Dann hat er nichts mehr wahrgenommen.

Er öffnet die Augen. Setzt sich auf – und lässt sich stöhnend wieder auf den Rücken sinken. Höllisch ist der Schmerz in seinem Hinterkopf, beinahe unerträglich. Vorsichtig betastet er seinen geschundenen Schädel, der – er kann es fühlen – mit einem dicken Stoffverband umwickelt ist.

Und dann ertönen wieder diese Harfen. Aber diesmal spielen die Harfenisten ein vertrautes Stück, ein Stück Johann Sebastian Bachs: Die Kunst der Fuge. Und die leisen Fugenklänge strömen diesmal auch nicht aus den Fugen der Parketten, sondern aus zwei Boxen, die auf einem weiß getünchten Mauervorsprung unter einem Fenster stehen.

Ein großes helles Fenster, freundlich wie das ganze Zimmer. Schlichte Holzmöbel, ein niedriges Regal mit Büchern und ein dicker sandfarbener Teppich auf dem Bretterboden. Um ein rundes Messingtischchen sind ein paar orientalisch anmutende Kissen angeordnet. Auch das Bett, auf dem der Lemming liegt, ist schlicht, aber bequem.

Er weiß nicht, wo er sich befindet und wie er hierhergekommen ist. Er hat nicht die geringste Ahnung. Noch einmal versucht er, seinen Oberkörper aufzurichten. Er bewegt sich langsam, stützt sich auf den Ellenbogen ab, verlagert dann behutsam das Gewicht nach links und dreht sich auf die Seite. Wie ein glühend heißer Spieß bohrt sich der Schmerz in seinen Schädel, doch der Lemming gibt nicht auf. Nach einer schieren Ewigkeit gelingt es ihm, sich auf den Bauch zu drehen und in den Liegestütz zu gehen, und noch einmal so lange dauert es, bis er mit beiden Beinen auf dem Boden steht. Mit kleinen, vorsichtigen Schritten wackelt er zum Fenster.

Er befindet sich inmitten grüner Baumkronen auf einem Berghang. Unter ihm, geschätzte hundert Meter weit entfernt, fließt der Fluss, den er gestern überquert hat: die an dieser Stelle durch die lang gestreckte Donauinsel in zwei Wasserläufe gespaltene Donau. Dahinter liegt das Häusermeer des 21. Bezirks, und noch weiter dahinter streckt sich die schier endlose und monotone Ebene des Marchfelds Richtung Osten.

Er muss auf dem Nussberg sein, der zwischen dem Kahlenbergerdorf und Nussdorf steht und gerade noch zu Wien gehört. Steil, aber dicht bewaldet, fällt die Flanke dieses letzten Ausläufers der Alpen hier zur Donau ab, während sein Gipfel weniger ein Gipfel als eine mit Weingärten bedeckte hügelige Hochebene ist. Die müsste, überlegt der Lemming, gleich hinter dem Haus beginnen und sich dann nach Westen ziehen. Nur, wie um alles in der Welt ist er hierhergekommen? Wer hat ihn in dieses Haus gebracht? Wer hat ihm den lädierten Kopf verbunden, ihm ein Nachthemd angezogen, ihn ins Bett gelegt?

„Ah, da schau, unser Patient ist munter!"

Lautlos ist eine knapp vierzigjährige, schon etwas angegraute, aber sportlich schlanke Frau mit langen Haaren und grünen Augen in den Raum getreten. Sie trägt Leinenhosen und ein weites ockerfarbenes Sweatshirt. Lächelnd kommt sie auf den Lemming zu. „Wahrscheinlich hat Sie die Musik geweckt. Entschuldigung, ich hab nicht dran gedacht, dass alle Boxen mit der Anlage im Wohnzimmer verbunden sind." Sie streckt dem Lemming ihre Hand entgegen. „Übrigens, ich bin die Lotte. Lotte Gingrich."

„Wallisch, also … Leopold", stottert der Lemming. Wieder bohrt der Spieß sich tief in seinen Hinterkopf, er taumelt. Und er spürt, dass er sich übergeben muss.

„Dort haben Sie einen Kübel, gleich beim Bett. Und nach dem Speiben sollten Sie sich wieder niederlegen, Leopold."

Er tut es. Beides. Viel hat er ja nicht gegessen, eigentlich so gut wie gar nichts. Und so würgt er nur ein paar Tropfen gelbgrüne Galle in den Eimer, während sich die Frau entfernt, um ein Glas Wasser und Papiertücher zu holen. Der Lemming liegt schon wieder auf dem Bett, als sie zurückkehrt.

„Was ist eigentlich passiert?", fragt er mit matter Stimme.

„Wissen Sie das nicht mehr?" Lotte setzt sich an den Bettrand und reicht ihm das Glas. „Sie haben ja ordentlich was abgekriegt. Aber kein Grund zur Sorge, so eine Commotio cerebri schüttelt oft auch das Gedächtnis kräftig durch."

„Eine Komozi was?"

„Ein leichtes Schädel-Hirn-Trauma. Eine Gehirnerschütterung."

„Sind Sie Ärztin?"

Lotte lacht. „Nein, leider nicht. Ich geb nur gern ein bisserl an. Aber zumindest bin ich Krankenschwester, so gesehen haben Sie also Glück gehabt. Ich hab Ihnen am Abend noch etwas Beruhigendes aus meinem Zauberkasten eingeflößt, und dann haben Sie geschlafen wie ein Baby. Heute schauen Sie schon viel besser aus."

„Ich fühl mich aber wie ... *wie das*." Der Lemming deutet auf den Eimer. „Also, was war los mit mir?"

„Genau weiß ich das auch nicht. Irgendwer hat Sie verprügelt, drüben beim Hietzinger Friedhof. Ich war gerade auf dem Heimweg, und auf einmal seh ich, wie Sie auf die Straße torkeln. Fast hätt ich Sie auch noch überfahren."

„Und weiter?"

„Eigentlich wollt ich sofort die Rettung rufen, aber Sie haben rebelliert. Nur ja keine Behörden, haben Sie gesagt. Das Lumpenpack, das hinter Ihnen her ist, überwacht wahrscheinlich auch die Krankenhäuser und die Polizeireviere." Lotte seufzt und hebt entschuldigend die Hände. „Sie waren völlig außer sich, und ich wollt Sie nicht noch mehr aufregen. Da hab ich Sie halt mit zu mir genommen."

„Und das Blut?"

„Was meinen Sie?"

„Es war doch alles voller Blut! Dort ist ein Mann enthauptet worden!"

„Ja, im Auto haben Sie das auch gesagt. Aber ganz ehrlich: Mir ist nichts dergleichen aufgefallen. Sie selbst haben zwar ein bisserl geblutet, aber das war nur ein kleiner Riss am Hinterkopf. Ich hab Ihnen die Wunde gleich versorgt, nachdem wir hergekommen sind."

Der Lemming schließt die Augen. „Das kann doch nicht wahr sein", sagt er leise. „Ich kann mir das alles doch nicht eingebildet haben."

„Doch", antwortet Lotte sanft. „Der Schock und die Gehirnerschütterung, das sind gleich zwei traumatische Erlebnisse. Da kann einem der Kopf schon einen Streich spielen. Sie waren wirklich völlig durcheinander. Ständig haben Sie was von einem Hund gefaselt."

„Einem Hund? ... Ach so, natürlich." Siedend heiß fällt es dem Lemming wieder ein. Er muss Pokorny anrufen. So rasch wie möglich.

„Also gibt es diesen Hund tatsächlich", lächelt Lotte. „Und wo haben Sie ihn gelassen? Ist er bei dem Überfall davongelaufen?"

„Nein ... Er ist bei einem Freund."

„Verstehe. Hören Sie, Leopold, es wird noch ein, zwei Tage dauern, bis Sie wieder auf den Beinen sind. Gibt's jemand, der sich Sorgen machen könnte? Eine Frau zum Beispiel, oder Kinder?"

„Ja, aber die sind auf Urlaub."

„Gut. Dann brauchen wir sie auch nicht zu beunruhigen. Soll ich wen anderen für Sie anrufen? Den Freund vielleicht?"

Der Lemming zögert. „Eigentlich würd ich mich lieber selber bei ihm melden, aber ..."

„Aber was?"

„Mein Handy. Es ist gestern nass geworden. Können Sie mir eines borgen?"

Lotte nickt. „Nur bitte nicht zu lang telefonieren."

„Ich zahl Ihnen das selbstverständlich", sagt der Lemming rasch.

Zwei hübsche Lachfalten bilden sich unter Lottes Augen. „Die Gesprächskosten sind mir egal. Aber Sie brauchen jetzt vor allem Ruhe, und die Handystrahlen sind gar nicht gut für Ihren ramponierten Kopf. Also betrachten Sie's als ärztliche Verordnung, sich kurz zu fassen." Sie steht auf. „Ich bring es Ihnen gleich. Ach ja, und Ihre Jacke auch. Bei der hätt's wenig Sinn gehabt, aber die anderen Kleider hab ich schnell gewaschen, die sind noch am Wäschetrockner."

Hunderte Gedanken sprudeln in Kaskaden durcheinander; es ist schwierig, einem einzelnen zu folgen. Wer ist diese Frau? Wieso ist sie so rührend um sein Wohlergehen bemüht? Gibt es denn wirklich noch so gute Menschen, oder ist hier gar eine erotische Begehrlichkeit im Spiel? Warum kann er sich nach dem Schlag auf seinen Kopf an nichts erinnern? Könnte dieser Amnesie derselbe psychische oder somatische Defekt zugrunde liegen wie den Halluzinationen? Hat er etwa doch einen Gehirntumor? Wie mag es wohl Pokorny gehen? Und Kuli? Und dem nassen Handy?

„So, da bin ich wieder." Lotte hängt die Jacke über einen Holzstuhl, der anstelle eines Nachtkästchens neben dem Bett steht. Dann zieht sie ein Smartphone aus der Seitentasche ihres Sweatshirts und reicht es dem Lemming. „Nur ein kurzer Anruf, ja? Ihr Freund kann Sie ja mit dem Hund besuchen, wenn Sie wollen. Die Adresse hab ich Ihnen in die Brusttasche gesteckt." Sie deutet auf die Jacke und macht sich daran, das Zimmer wieder zu verlassen. „So, dann koch ich Ihnen einmal einen Tee."

„Frau Lotte?", ruft der Lemming ihr mit matter Stimme nach, als sie schon in der Tür ist.

„Ja?" Sie wendet sich noch einmal zu ihm um.

„Ich weiß nicht, wie ich Ihnen danken soll."

„Ganz einfach. Werden Sie gesund."

Im Schwachen wirkt die Einbildung am stärksten. Also sollte sich der Schwache immer wieder davon überzeugen, dass seine persönlichen Gewissheiten den objektiven Tatsachen entsprechen. Ächzend richtet sich der Lemming auf und setzt sich auf die Bettkante, um seine Jacke einer eingehenden Inspektion zu unterziehen. Die Cordjacke war ursprünglich olivgrün, aber davon ist jetzt nicht mehr viel zu sehen. Zerknautscht und schmutzig ist sie, ein graubrauner Lumpen. An der linken Schulter sind die Nähte aufgeplatzt, der blutbefleckte Kragen ist fast schwarz. So weit bestätigt diese Leiche eines Kleidungsstücks seine Erinnerung. Der Lemming leert die Taschen und platziert den Inhalt auf der Bettdecke: sein Portemonnaie, sein Handy, seinen Schlüsselbund, ein Stück Papier mit Lottes Anschrift, ein paar Münzen und das Säckchen mit dem Kautabak.

Nichts Überraschendes, nichts Unerklärliches. Doch etwas fehlt.

Noch einmal sucht der Lemming in den Jackentaschen, tastet den verschmutzten Stoff ab, sieht unter dem Stuhl nach, lässt sich dann auf alle viere nieder, um unter das Bett zu spähen. Erfolglos. Sein Notizbuch mit dem Telefonverzeichnis ist verschwunden. Möglich, dass es ihm bei der Attacke gestern Abend aus dem Jackensack gefallen ist.

Wie ging doch noch gleich Pokornys Nummer?

Statt nach Lottes Smartphone greift er jetzt nach seinem eigenen und drückt die Einschalttaste. Einen Augenblick lang bleibt das Display dunkel, aber dann ... Das Handy lebt, der Bildschirm leuchtet auf! Er tippt den Code ein, um es zu entsperren – zum Glück entsinnt er sich der Ziffernfolge auch ohne Notizbuch – und vermerkt erleichtert, dass sich das Gerät umgehend an die Arbeit macht. Fast kommt es ihm so vor, als hätten sich die Schaltkreise im Donauwasser regelrecht erholt, als wären sie gereinigt und erfrischt worden. Doch dann erinnert er sich an das Shakespeare'sche Zitat: Im Schwachen wirkt die Einbildung am stärksten.

Während es noch hochfährt, fängt das Handy zu vibrieren an, zu sirren und zu summen wie ein Bienenstock. Zwei Sprachnachrichten, acht verpasste Anrufe und eine Textnachricht. Pokorny hat sechsmal versucht, den Lemming zu erreichen – offenbar aus Sorge um sein Wohlergehen und in der Hoffnung, dass sein Handy wieder in Betrieb ist. Auch Bernatzky hat ihn angerufen. Und zu guter Letzt hat es auch Polivka probiert.

Die Textnachricht hat Klara ihm geschickt und mit drei Herzchen unterschrieben. Sie und Ben sind immer noch in Amsterdam und, wie es scheint, wohlauf. Der Lemming seufzt. Er könnte jetzt mit Frau und Sohn durch pittoreske Gassen schlendern, Bier trinken und Matjeshering essen, statt sich mit einer sinistren Mörderbande und horrenden Kopfschmerzen herumzuschlagen.

Polivka hat eine Nachricht in der Sprachbox hinterlassen. Er klingt grimmig wie so oft, aber in seiner Stimme liegt ein Hauch von Brüchigkeit. Vielleicht ist das ja der Entfernung zwischen Amiens und Wien geschuldet.

„Ehrlich, Wallisch? Sprachbox?"

Nur diese drei Worte, keine Silbe mehr hat Polivka aufs Band gesprochen, und der dürftige Informationsgehalt der Nachricht überrascht den Lemming nicht: Sein Kompagnon vermeidet es seit jeher, digitale Fußspuren zu hinterlassen. Wie der Lemming selbst misstraut er der modernen Technik, weil er es, wie er einmal gesagt hat, ablehnt, auf ein Pferd zu steigen, das er nicht beherrscht und nicht versteht.

Die zweite Sprachnachricht stammt von Bernatzky, und sie fällt bedeutend länger aus. Im Gegensatz zu Polivka klingt der Professor regelrecht euphorisch. Trotz seiner präzisen Artikulation vermittelt er den Eindruck eines Stockbetrunkenen.

„Ich kann nur hoffen, Wallisch, dass ihr zwei gesund und munter seid, dein überaus charmantes Hunderl und du. Das war ja eine zirkusreife Leistung heute Mittag. Aber was ich eigentlich ... Moment ..." Im Hintergrund ist leises Blätterrauschen zu vernehmen, dann das mehrmalige Klicken eines Feuerzeugs. „Kannst du das hören, Wallisch? Die Büsche! Schon seit Stunden singen sie gregorianische Choräle! *Luxuriosi angeli cornuti volant altum hodie*: Die lüsternen gehörnten Engel fliegen heute hoch. Ich weiß nur nicht, was das bedeuten soll, obwohl ja das Lateinische gewissermaßen meine zweite Muttersprache ist. Egal. Was ich dir eigentlich erzählen wollt: Schwammerln. Um genau zu sein, Spitzkegelige Kahlköpfe, beziehungsweise *Psilocybe semilanceata*, wie es der gelehrte Mykologe sagen würde. Der Spitzkegelige Kahlkopf ist ein halluzinogener Pilz, mein Lieber. Und was du in deinem kleinen Leinensack mit dir herumträgst, ist kein Kautabak. Vielmehr sind es getrocknete narrische Schwammerln." Bernatzky kichert. „Ich wollt es dir eh noch sagen, aber du warst so schnell weg. Und weil mir dann wieder so fad war, hab ich stante pede eine Probe aufs Exempel machen müssen. Gutes Zeug! Sag, kannst du mir beizeiten mehr davon besorgen? So, jetzt fällt mir nichts mehr ein, das war's, ich hör jetzt wieder den Forsythien zu. Leb wohl, mein lieber Wallisch. Und grüß mir dein Mopserl!"

Pilze also. Ungeachtet seiner Schmerzen trägt der Lemming jetzt ein Lächeln auf den Lippen. Ein befreites Lächeln. Halluzinogene Pilze. Die Marienerscheinung, das geheimnisvolle goldene Licht, die unsichtbaren Harfenisten: halluzinogene Pilze. Der beredte, spitzzüngige Mops und seine philosophischen Erläuterungen: halluzinogene Pilze. Einfach nur ein Rausch. Kein Tumor. Nur ein Rausch. Das Lächeln wird zu einem breiten Grinsen, als der Lemming an Bernatzky denkt und daran, welches

Bild der Alte gestern Abend abgegeben haben muss: ein weißbärtiger Greis im finsteren Park des Altersheims, der sich im Drogenrausch zu den vermeintlichen Gesängen der Forsythien in seinem Rollstuhl wiegt. Der alte Fuchs. Er hat genau gewusst, was er da in den Fingern hält, er hat es vorsätzlich gegessen. Und jetzt will er auch noch mehr davon.

Der Lemming würde ihm den Leinenbeutel auf der Stelle bringen und zu Füßen legen, wäre er dazu imstande. Aus Erleichterung und Dankbarkeit: Bernatzky hat zumindest eines der Mysterien gelöst.

6.

„Und? Haben Sie schon mit Ihrem Freund gesprochen?"
Lotte nimmt ihr Handy von der Sitzfläche des Stuhls und stellt stattdessen ein Tablett mit einer Tasse Tee und ein paar Keksen ab.

„Ja, er hat vor, am Nachmittag zu kommen", antwortet der Lemming.

Nach dem Abhören von Bernatzkys Nachricht hat er gleich Pokorny angerufen. Der befand sich immer noch im Zoo, obwohl sein Nachtdienst ja schon seit dem Morgengrauen zu Ende war. „Wir haben uns hier vor Angst fast angeschissen!", hat Pokorny das Gespräch eröffnet. „Erst einmal vor Angst um dich und dann vor Angst, dass dieser Hundefänger kommt! Wir haben uns fast zwei Stunden lang im Wächterhaus verschanzt, auf dich gewartet und ... und dann hab ich etwas getan, das hätt ich nie von mir gedacht ... Ich hab die Polizei gerufen! Völlig sinnlos auch noch, die Aktion: Sie sind hinauf zum Gudent-Weg gefahren, aber sie haben dich nicht gefunden, weder dich noch diesen Blaschek."

„Haben sie sonst etwas gefunden?", hat der Lemming eingeworfen.

„Nein. Nach einer Stunde haben sie mich zurückgerufen und mir eine Strafe angedroht. Für Falschalarm."

„Sie haben nichts entdeckt? Kein Blut und keine Leiche?"

„Herrgott, nein! Was ist denn eigentlich passiert?"

Der Lemming hat Pokorny kurz geschildert, was nach Blascheks Auftauchen geschehen ist. „Was ist mit der Zeitung?", hat er dann gefragt. „Hast du heut schon die Nachrichten gelesen?"

„Sicher, auf dem Handy. Nichts außer den üblichen Berichten: Katastrophen, Krieg und Seuchen. Aber keine Leiche beim Tiroler Tor."

„Sie haben die Spuren beseitigt ...", hat der Lemming vor sich hingemurmelt.

„Poldi?"

„Ja."

„Nicht bös sein, aber ... Bist du sicher, dass du dir nicht wieder etwas eingebildet hast?"

„Ja, diesmal bin ich sicher. Ziemlich sicher."

„Gut. Oder auch nicht so gut." Pokorny hat einen nervösen Seufzer ausgestoßen. „Kurz vor Mitternacht, also vor meinem Anruf bei der Polizei, ist da bei uns noch ein Gewitter aufgezogen, und es hat geschüttet wie aus Kübeln. Blutspuren kannst du da vergessen."

„Aber eine Leiche wäscht sich nicht von selber fort", versetzt der Lemming.

„Wo du recht hast, hast du recht ... Wie geht's jetzt weiter? Sollen wir kommen und dich abholen?"

„Nein. Nicht *ihr*, Pepi. Nur du. Den Kuli sollten wir nicht durch halb Wien bugsieren. Am besten bringst du ihn hinauf zur Tierarztpraxis. Sag denen, dass es der Hund von der Frau Doktor Breitner ist und dass der Mann von der Frau Doktor Breitner einen kleinen Unfall hatte und dass sie sich bis zum Abend um das Viecherl kümmern sollen."

„Bin schon am Weg." Mit diesen Worten hat Pokorny das Gespräch beendet.

„Wunderbar", sagt Lotte jetzt. „Dann kriegen Sie also Besuch. Wie heißt Ihr Freund denn?"

„Josef", sagt der Lemming.

„Und? Bringt er das Hunderl mit?"

„Nein. Aber es ist in guten Händen."

„Ich verstehe. Kann ich jetzt mein Handy wiederhaben?"

Seltsam: Während er der Frau das Handy reicht, vermeint der Lemming etwas wahrzunehmen, das sich wie ein Haarriss in den Grundfesten seines Vertrauens anfühlt. Etwas irritiert ihn, und es ist nicht so sehr Lottes Neugier als vielmehr ... Ja, was denn eigentlich? Sie hat ihn doch gerettet, hat ihn auf der Straße aufgelesen, bei sich aufgenommen und versorgt! Und wenn er gestern Abend wirklich so verwirrt war und so viel geredet hat, dann ist es auch kein Wunder, dass sie jetzt von einem Hunderl spricht. Wahrscheinlich hat er ihr erzählt, dass Kuli eben nur ein kleiner Hund ist.

Trotzdem.

Warum hat sie sich denn vorhin, beim erstmaligen Betreten seines Krankenzimmers, bei ihm vorgestellt? *Ich bin die Lotte. Lotte Gingrich.* Hat sie das denn nicht schon gestern Nacht getan? In dieser Nacht, in der er angeblich verwirrt, aber doch bei Bewusstsein war? In dieser Nacht, an die er sich beim besten Willen nicht erinnern kann? Reicht das als Grund, um misstrauisch zu werden? Nein, natürlich nicht. Bestimmt hat sie ihm ihren Namen heute einfach noch einmal genannt, um ihn angesichts seiner Amnesie nicht in Verlegenheit zu bringen.

Aber wusste sie zu diesem Zeitpunkt schon von dieser Amnesie?

„Jetzt lass ich Sie einmal in Ruhe Ihren Tee trinken", sagt Lotte. „Und dann machen Sie ein Schläfchen, ja? Das Badezimmer ist gleich hier." Sie zeigt auf eine schmale Tür beim Fußende des Betts. „Bis später, Leopold."

Er wartet, bis sie aus dem Zimmer ist, bevor er abermals zu seinem Smartphone greift. Er drückt die Kurzwahltaste für Polivkas Nummer, überlegt es sich dann aber anders. Lottes Warnung vor den Handystrahlen sitzt ihm nicht weniger im Nacken als der Schmerz, der sich von seinem Hinterkopf nach unten zieht. Dabei gilt seine Furcht gar nicht den Strahlen selbst, er will nur nicht, dass Lotte ihn dabei erwischt, wie er sich ihrer „ärztlichen Verordnung" widersetzt.

Kein Anruf also. Besser eine Textnachricht.

Wie ist die Lage in der Grande Nation? Bist du noch dort, oder hab ich dich bald wieder am Hals? Ich konnte leider nicht telefonieren, wie du mich angerufen hast. In Wien gibt's ein paar Zores. Aber keine Angst, die Firma steht noch und die Donau fließt noch. Letzteres übrigens vor meinen Augen. Ich genieße nämlich im Moment die frische Bergluft auf dem Nussberg. Aus und Ende, Wall

Ein jäher Abschiedsgruß. Gerade noch kann er auf Senden drücken, als die Tür aufspringt und Lotte in den Raum stürmt. Wie ein Exorzist sein Kreuz hält sie ihr Handy in der ausgestreckten Hand.

„Sie haben gar nicht telefoniert!"

„Wie bitte? Ich versteh nicht, was ..."

„Sie haben mich angelogen! Sie haben diesen Josef gar nicht angerufen!"

Die verständnisvolle, sanfte Lotte ist mit einem Mal ein anderer Mensch. Sie ist zu einer Furie mutiert, zu einer herzlosen Megäre. Die Veränderung ist so erschreckend, dass der Lemming keine Worte findet.

„Ich ... ich hab sehr wohl ...", stammelt er los wie ein auf frischer Tat ertappter Dieb. Nur langsam wird ihm die Absurdität der Situation bewusst, und noch viel langsamer wird er begreifen, was hinter dem Vorwurf seiner Gastgeberin steckt.

Zu langsam.

„Ich versteh zwar das Problem nicht ganz, aber ich hab sehr wohl mit meinem Freund telefoniert", hört er sich schließlich sagen.

„Und mit welchem Telefon?"

„Mit meinem eigenen. Es funktioniert inzwischen wieder."

„Zeigen Sie!"

Von Lottes zornigem Befehlston überrumpelt, nestelt er sein Smartphone aus der Jackentasche.

„Sehen Sie? Es ist wieder trocken."

Er drückt eine Taste, und der Bildschirm leuchtet auf, um sich ein paar Sekunden später wieder in den Stand-by-Modus zu begeben. Lotte mustert das Gerät.

„Dann muss ich mich entschuldigen", sagt sie nach einer Weile. „Trotzdem kann ich nicht erlauben, dass Sie sich der Strahlenbelastung weiter aussetzen. Das Handy, bitte." Sie streckt ihre rechte Hand aus.

„Aber ..."

„Geben Sie es mir!"

Der Lemming fühlt sich wie in einem Melodrama, das sich unversehens als Horrorfilm entpuppt. Bei allem Kopfschmerz und bei aller Dankbarkeit ist er ganz sicher nicht dazu bereit, sich dieser Frau zu unterwerfen, sich von ihr bevormunden und kontrollieren zu lassen.

„Es war wirklich nett von Ihnen, mir zu helfen", sagt er. „Aber ich will Ihre Gastfreundschaft nicht ungebührlich lange strapazieren. Es geht mir schon viel besser, kurz gesagt: Sobald ich meine Kleider wieder hab, sind Sie mich los."

Die Handbewegung kommt so rasch und unerwartet, dass der Lemming nicht imstande ist, sie zu parieren. Mit einem Ruck reißt Lotte ihm das Handy aus den Fingern.

„Ihre Kleider sind noch feucht", sagt sie und geht mit schnellen, strammen Schritten aus dem Zimmer. Ungläubig starrt ihr der Lemming nach. Und fassungslos vernimmt er gleich darauf ein unverkennbares Geräusch: das Knirschen eines Schlüssels, der die Tür verriegelt.

Nichts ist, wie es scheint, und alles ist vielleicht ganz anders. Aber das trifft nicht auf Lotte Gingrich zu: Sie ist nicht nur vielleicht, sondern ganz sicher anders als der Schein, den sie gerade noch getragen hat wie eine Neonröhrengloriole. Fragt sich nur, ob ihre übergriffige, gebieterische Art auf eine falsch verstandene Fürsorglichkeit zurückzuführen ist oder ob es andere Gründe dafür gibt. Warum war ihr sein Anruf bei Pokorny denn so wichtig? Warum hat sie ihm, dem Lemming, anstandslos ihr Telefon geliehen, nur um ihm dann sein eigenes wegzunehmen und ihn ohne jeden Kommentar hier einzusperren?

Wieder muss der Lemming zwischen Phantasie und sicherer Erkenntnis abwägen. Und einmal mehr wird das zum Wettlauf der Wahrscheinlichkeiten, weil die Wahrheit hinter widersprüchlichen Indizien verborgen ist. Doch diesmal neigt die Waage sich sehr bald auf eine Seite. Dass ihm Lotte ohne weiteres ihr Handy überlassen und gleich anschließend die Anrufliste überprüft hat, lässt nämlich nur einen Schluss zu: Sie wollte Pokornys Nummer wissen. Und dass das Notizbuch mit dem Telefonverzeichnis nicht mehr in der Innentasche seiner Jacke steckt, fügt sich perfekt ins Bild. Zweifellos hat Lotte es genommen. Ihre Vorgehensweise war so einfach wie durchtrieben: Erst die Nummer auf dem Smartphone ablesen, sie anschließend im Telefonverzeichnis suchen, und schon ist der Angerufene mit seinem vollen Namen und seiner Adresse identifiziert.

Nun mag zwar dieser Teil von Lottes Plan gescheitert sein, aber Pokorny ist schon auf dem Weg hierher, und es gibt keine Chance mehr, ihn noch rechtzeitig zu warnen. Da hilft es auch nichts, dass ihn der Lemming in seinem Notizbuch nicht als *Josef*, sondern nur als *Pepi* eingetragen hat.

Wie rasch Empörung doch in Angst umschlagen kann. Nicht nur in Sorge um Pokorny, sondern auch in Angst um Kuli. Immerhin hat Lotte sich – zwar scheinbar beiläufig, aber doch mehrmals – nach dem *Hunderl* erkundigt. Was wie Mitgefühl gewirkt hat, stellt sich nun als pure Heimtücke heraus. Auch Lotte Gingrich hat von Anfang an nur Kuli im Visier gehabt: den Mops, in dem sich eindeutig so etwas wie des Pudels Kern verbirgt.

Von Anfang an? Natürlich! Was nichts anderes heißt, als dass auch Lottes Darstellung der gestrigen Ereignisse erstunken und erlogen war. Von wegen Amnesie! Der Lemming hat eine Gehirnerschütterung – die spürt er ja noch immer bis ins Mark –, aber doch keinerlei Erinnerungslücken. Nach dem Schlag auf seinen Kopf gibt es nur einfach nichts, woran er sich erinnern könnte. Er war ohnmächtig, bewusstlos, und in diesem komatösen Zustand wurde er in Lottes Haus gebracht.

Diese Erkenntnis ist beruhigend und beunruhigend zugleich. Beruhigend, weil der Mensch grundsätzlich gerne funktioniert, und sei es auch in einer durch und durch gestörten Welt, beunruhigend, weil damit feststeht: Lotte Gingrich war an Lothar Blascheks Tod beteiligt, sie gehört zum Mob der Blaubebrillten.

Wo sind dann die anderen?

Der Lemming stemmt sich hoch, um aus dem Bett zu steigen. Es bereitet ihm nicht mehr so starke Schmerzen wie zuvor. Ein Lichtblick immerhin, wenn auch ein Lichtblick wie ein Schwimmflügel auf der Titanic. Er steht auf und geht zum Fenster. Nach seinem Erwachen hat er ja nur kurz hinausgesehen, jetzt aber öffnet er die Fensterflügel, beugt sich vor und schaut nach unten.

Mittelalter ist das Wort, das ihm als erstes in den Sinn kommt. Durch die Blätter schimmert eine Reihe kleiner Hütten, die mit Steintreppen und schmalen, in den Waldboden getretenen Fußwegen verbunden sind. Verwinkelt wie ein aus der Zeit gefallenes Bergdorf schmiegen sich die strohgedeckten Katen an den Abhang unter Lottes Haus. Ein Windhauch fängt sich in den Baumkronen, und durch ihr Rauschen kann der Lemming die gedämpften Stimmen zweier Frauen vernehmen, die, wie er jetzt sieht, aus einer der bescheidenen Hütten treten. Ihre Worte kann er nicht verstehen. Er holt schon Luft für einen Hilferuf, als sich ein Sonnenstrahl durchs Laub stiehlt und die beiden streift. Vor ihren Brüsten glitzert etwas auf: die Reflexion der Brillen, die sie um den Hals tragen. Der blauen Schweißerbrillen.

Die Hoffnung stirbt ja angeblich zuletzt. Und jetzt ist auch die Hoffnung auf eine Möglichkeit zur Flucht gestorben. Die Höhle des Löwen endet nicht vor diesem Haus; sie ist vielmehr ein ganzes Höhlensystem, bewacht von einem bluthungrigen Löwenrudel. Ein Höhlensystem, aus dem es kein Entkommen gibt.

„Na, haben Sie sich eingelebt?"

Der Lemming zuckt zusammen und wirbelt herum. Ein kleiner, weißhaariger Mann hat hinter ihm den Raum betreten. Er trägt ein verwaschenes T-Shirt, helle Shorts und eine Goldrandbrille, allerdings mit ungefärbten Gläsern.

„Tut mir leid, ich wollt Sie nicht erschrecken", lächelt er den Lemming an. „Ich wollte mich nur vergewissern, dass Sie alles haben, was Sie brauchen."

„Leider nein", versetzt der Lemming knapp.

„Was hätten Sie denn gern?"

„Mein Handy, meine Kleider, mein Notizbuch, einen Schlüssel für die Tür und eine Handgranate, um sie Ihnen in den Arsch zu schieben."

„Sie sind amüsant, Herr Wallisch", sagt der Weißhaarige. „Übrigens, ich bin der Otto. Otto Gingrich."

„Und Sie klingen wie ein Sprung in einer Schallplatte. Dieselben scheißfreundlichen Umgangsformen und derselbe Nachname wie Ihre ... Lassen Sie mich raten: Enkeltochter?"

„Ich bin Lottes Ehemann", sagt Otto Gingrich, und er sagt es so geduldig, dass es wie das sanfte Klicken beim Entsichern einer Waffe klingt.

„Verstehe. Und die miese Brut da unten? Sind das Ihre Kinder?"

Otto Gingrich wiegt den Kopf und lächelt. „In gewisser Weise. Aber setzen wir uns einmal hin. Und dann erklär ich Ihnen alles."

Mit erstaunlicher Geschmeidigkeit lässt Gingrich sich im Schneidersitz auf einem der vier Pölster nieder, die rund um das Messingtischchen liegen. Erst nach einer Weile löst der Lemming sich vom Fenster und setzt sich mit unverhohlenem Widerwillen auf die Bettkante.

„Nur keine Scheu, Herr Wallisch." So, wie man ein Schoßhündchen herbeiruft, klopft der Weißhaarige auf ein Kissen neben sich. „Na los doch, kommen Sie."

Der Lemming stößt die Luft aus, setzt sich aber schließlich ohne weiteren Kommentar an Gingrichs Seite. Mit dem alabasterweißen Nachthemd und dem Kopfverband wirkt er jetzt wie ein Scheich im Wüstenzelt.

„Der Mensch", fängt Gingrich an, „ist eine kuriose Kreatur. Er hätte alle Möglichkeiten, friedlich, glücklich und im Einklang mit den anderen Geschöpfen dieser Welt zu leben. Er ist neugierig, intelligent, geschickt, halbwegs robust und einfühlsam. Und trotzdem schlägt er seinen Mitmenschen mit Vorliebe die Köpfe ein. Bei Kain und Abel hat es angefangen, dabei hat es damals überhaupt erst vier von unserer Art gegeben. Heute sind es acht Milliarden." Otto Gingrich hebt die Augenbrauen und glotzt den Lemming an wie ein Professor seinen Prüfling. Dann doziert er mit erhobenem Zeigefinger weiter. „Und warum? Weil es seit jeher Leute gibt, die glauben, dass ihnen ein größeres Stück vom Kuchen zusteht als den anderen. Machtbesessene und skrupellose Leute, die die ganze Welt verwüsten, nur um ihre Mitmenschen zu unterjochen und sich zu bereichern."

Wenn dem Lemming auch nichts ferner liegt, als Interesse oder gar Zustimmung zu bekunden, muss er sich im Stillen eingestehen, dass er mit Gingrich einer Meinung ist. Bis jetzt.

„Seit Kain und Abel hat sich nichts geändert, seit Jahrtausenden haben die Menschen nichts dazugelernt:

Was immer irgendein begabter Geist erfunden hat, was immer es an konstruktiven, altruistischen Ideen oder gesellschaftlichen Strömungen gegeben hat, ist postwendend dazu missbraucht worden, einer verborgenen Elite zu mehr Macht und Reichtum zu verhelfen. Einer Oberschicht, die sich als auserwählt betrachtet."

Jetzt beginnt es, denkt der Lemming. Jetzt kommt Otto Gingrich von der Fahrbahn des Verstandes ab und schlingert in den Sumpf der Vorurteile.

„Ja, das so genannte auserwählte Volk hat es sich immer schon gerichtet, und inzwischen hat sich die Verschlagenheit der Kinder Zions auch bei anderen durchgesetzt. Nur dass die Mittel in einer globalisierten und hochtechnisierten Welt ganz andere sind: Hat Kain noch einen Stein gebraucht, um seinen Bruder zu ermorden, sind es heute genmutierte Impfstoffe und Aerosole, um Milliarden unschuldiger Mitmenschen zu manipulieren, zu schänden und zu töten. Man betäubt uns, kontrolliert uns und benutzt uns. Und man tötet uns. Zuerst den Geist und dann den Körper. Chemische Substanzen in den Nahrungsmitteln, Mikrochips im Wasser, tonnenweise in der Luft versprühtes Gift, und alles arrangiert und dirigiert von ein paar wenigen geheimen Mächten. Das, Herr Wallisch, ist die Wahrheit, und die ist von A bis Z belegt, da können Sie sich gerne vergewissern." Gingrich deutet auf die Bücher im Regal: eine illustre Sammlung, wie der Lemming jetzt erst an den Titeln einiger der Bände sieht.

Der große Austausch – Strategien der Umvolkung Europas
Die Wolken der Macht – Chemtrails und ihre Wirkung
Die globalen Oligarchen – Wie sie unsere Welt beherrschen
Mikroimplantate – Die geheime Waffe der Gedankenlenker
Diktatur der Angst – Die Medienmafia und ihre Paten

„Haben Sie nichts über Reptilienmenschen?", fragt der Lemming süffisant. „Und über die Erdbebenmaschine im versunkenen Atlantis?"

Gingrich sieht den Lemming milde lächelnd an; er ist die kalte Sanftmut in Person. Während sich seine Augenlider leicht verengen, sagt er: „Auch wenn Sie versuchen, mich zu provozieren, Herr Wallisch, ändert das nichts an den Tatsachen. Und ja, ob Sie es glauben oder nicht, die Erdbebenmaschine gibt es wirklich, und die Existenz von Echsenmenschen ist für vieles, was tagtäglich auf der Welt passiert, die einzig logische Erklärung. Selbstverständlich haben wir auch zu diesen Themen eine Reihe bestens recherchierter Bücher. Hier im Dachgeschoss befindet sich nur eine kleine Auswahl unserer Bibliothek."

Wäre er kein Mitglied einer Mörderbande, denkt der Lemming, könnte einem Otto Gingrich fast schon leidtun. Denn er scheint kein Idiot zu sein, zumindest kein geborener, aber sein Geist ist am verzweifelten Verlangen nach verständlichen und einfachen Erklärungen der Welt zerbrochen. Die Komplexität des Daseins war zu viel für ihn, und so hat er sich seine eigene Welt erschaffen.

Eine Welt, in der es keine Zweifel gibt, ein apodiktisches, unangreifbares Trotteluniversum.

„Ist es schon Wahnsinn, hat es doch Methode", sagt der Lemming leise.

„Bitte?"

„Nichts ... Ich hab mich nur gefragt, wie Sie sich nennen, Sie und Ihre Spießgesellen. Solche Vereine haben doch meistens irgendeinen krassen Namen. *Nussdorfer Befreiungsfront* oder so etwas Ähnliches."

„Wir haben keinen Namen. Wir sind einfach nur das *Volk*", sagt Gingrich. So elastisch, wie er in den Schneidersitz gegangen ist, steht er jetzt wieder auf. Er tritt zum Fenster und betrachtet die Kondensstreifen, die sich über den Himmel ziehen. „Unsere Luft, unseren Boden, unser Wasser: Alles haben sie vergiftet", meint er dann. „Und jetzt missbrauchen sie auch noch die letzte saubere Ressource, um uns zu terrorisieren: das Licht."

Zu klein, um als Erleuchtung durchzugehen, glimmt plötzlich auch ein Licht im Kopf des Lemming auf. Die blauen Brillen, denkt er. Und die Firma, für die Lothar Blaschek tätig war. Traffic Light Management ...

Inzwischen hat sich Otto Gingrich zu ihm umgedreht. Die Arme ausgebreitet, mit dem Fensterkreuz im Rücken, sieht er aus wie Jesus auf dem Hügel Golgota. Nur dass er nicht von Liebe predigt.

„Infrarot. Das ist das neue Zauberwort der Diktatoren, Herr Wallisch. Infrarot. Nichts anderes eignet sich so gut für eine neurologische Beeinflussung wie die Bestrahlung unserer Augen im gerade nicht mehr sichtbaren Spektralbereich. Die langwelligen Molekülschwingungen dringen ungehindert ins Gehirn und richten dort irreversible Schäden an – vor allem psychische. Man merkt es nicht einmal! Und doch wird man von Tag zu Tag gefügiger und kraftloser, bis jeder Antrieb, jeder Drang zum Widerstand erloschen ist. Natürlich müssen die Frequenzen der Submillimeterwellen genau berechnet werden; mit einer exakten Taktung lässt sich die gewünschte Wirkung potenzieren. Und hier, Herr Wallisch, kommen die Experten der Verkehrssignaltechnik ins Spiel. Denn wo ließen sich die Betäubungsstrahlen effektiver einsetzen und leichter tarnen als in unserer täglichen Verkehrshölle, an Kreuzungen und Zebrastreifen, wo die Fußgänger und Autofahrer stundenlang auf rote Ampeln starren?"

Das Licht im Kopf des Lemming leuchtet mittlerweile heller, nur ein paar versteckte Nischen liegen noch im Schatten. „Lothar Blaschek", unterbricht er Gingrich, „war einer dieser Experten. Haben Sie ihn deshalb umgebracht?"

„Er hatte seine Chance", gibt Gingrich ungerührt zurück. „Wir haben ihn gefragt, gewarnt ..."

„Und schließlich seinen Hund entführt."

Ein ärgerliches Schnauben. „Sie verstehen noch immer nicht, Herr Wallisch! Blaschek hat über die Codes verfügt! Er war der Hüter aller Algorithmen für die Steuerung der Infrarotfrequenzen! Seine Aufgabe war es, die digitalisierten Codes von Zeit zu Zeit in den Zentralcomputer der Verkehrsleitstelle einzuspeisen, drüben in der Rossauer Kaserne. Dort werden so gut wie alle Wiener Ampelanlagen synchronisiert und reguliert."

„Und woher hatte er die Codes?"

„Das werden wir bald wissen. Bilderberger, Freimaurer, die Ostküste. Egal. Viel wichtiger ist, dass er alles abgestritten hat. Dass er sich dumm gestellt hat. Und dass er ein Backup von den Codes versteckt hat. Gut versteckt. Aber nicht gut genug für uns."

„Das ist jetzt nicht Ihr Ernst ..."

Mit einem Schlag wird alles klar; das Licht im Kopf des Lemming leuchtet wie die Sonne im Zenit. „Sie glauben allen Ernstes, dass die angeblichen Codes im Hund versteckt sind?"

„Ja, auf einem implantierten Mikrochip", nickt Otto Gingrich. „Deshalb haben wir den kleinen Herkules entführt, und nicht ..."

„Ich hab ihn doch gescannt!" Der Lemming brüllt es, hilflos angesichts der unerschütterlichen, selbstgerechten Dummheit Gingrichs, der sich in seinem Verschwörungsglauben suhlt wie eine Sau im Schlamm. „Ich hab ihn doch gescannt, den Hund! Und ja, er trägt so einen Chip unter der Haut, aber da ist nur eine kurze Nummer drauf, mit der sich sein Besitzer feststellen lässt. Nur ein paar stinknormale Zahlen, sonst nichts!"

Für einen Augenblick wirkt Gingrich irritiert, doch er gewinnt sofort die Fassung wieder. „Daran können Sie ermessen, wie brisant die Daten sind, Herr Wallisch", sagt er überlegen lächelnd. „Selbstverständlich trägt das Tier noch einen zweiten Chip im Körper. Der, den Sie gefunden haben, dient zur Ablenkung, und er hat – jedenfalls bei Ihnen – seinen Zweck erfüllt. Sie sind halt leider auch nur eines dieser Lämmer, die sich gutgläubig zur Schlachtbank führen lassen. Aber was den Hund betrifft, müssen wir tiefer gehen, das war uns immer klar."

„Sie wollen ihn aufschneiden."

„Wir wollen nicht, wir müssen." Gingrich seufzt. „Wenn wir den Mikrochip erst einmal haben, können die da oben ihre Machenschaften nicht mehr leugnen. Er ist der Beweis, um sie zu überführen! Ein Opfer, ja, aber mit kleinen Opfern lassen sich oft große Schäden abwenden."

„So wie die Frau, die mir den Herkules gebracht hat? War sie auch nur eines dieser kleinen Opfer? Dabei war sie doch eine von Ihnen, oder?"

Achselzucken. „Die Fiona war eine Verräterin. Bei aller Tierliebe, aber das Heil des Volkes steht doch wohl über dem Leben eines Mopses. Das war ihr egal. Sie hat sich für den Hund und gegen uns entschieden. Sie ist mit dem Herkules auf und davon, sobald sie mitgekriegt hat, dass wir ihn sezieren wollen. Wir haben sie verfolgt, gestellt, befragt, wo sie den Hund gelassen hat, und dann ihrer gerechten Strafe zugeführt. Man muss eben auch manchmal Exempel statuieren."

„Exempel. Also war der Blaschek auch so ein Exempel ..."

„Nein, der war tatsächlich nur ein Opfer. Hätte er den Hund wiedergekriegt, er hätte den Beweis – den Speicherchip – sofort vernichtet. Und das konnten wir nicht zulassen. Sie sehen, Verrat zahlt sich nicht aus: Im Grunde war es die Fiona, die sein Todesurteil unterschrieben hat."

„Und jetzt bin ich dran", sagt der Lemming.

„Das hängt ganz von Ihnen ab, Herr Wallisch. Und von Ihrem Freund. Sie können sich nicht vor dem Volk verstecken, denn das Volk ist überall. Fiona hat uns die Adresse Ihrer kleinen Detektei verraten, unser Mann im

Meldeamt Ihre Privatanschrift. Und gestern Vormittag ist Ihnen einer unserer Informanten in das Altersheim gefolgt, falls Sie sich fragen, wie wir Sie dort gefunden haben. Sagen Sie uns, wo der Hund ist, und Sie können ungehindert Ihrer Wege gehen. Und wenn Sie dann vor einer Ampel stehen und in das Rotlicht starren, werden Sie alles bald vergessen haben. Ein paar Kreuzungen, und Sie sind wieder ganz der Alte."

„Außer, wenn ich eine Ihrer blau gefärbten Brillen aufsetze, um mich vor der intergalaktischen Gehirnwäsche zu schützen", antwortet der Lemming abfällig. „Dazu ein Aluhut und eine Flasche Granderwasser, und schon bin ich unverwundbar. Übrigens, haben Sie gewusst, dass Filter gegen infrarote Strahlung gar nicht blau sind, sondern durchsichtig? Und davon abgesehen, Herr Gingrich: Was tun eigentlich die Bilderberger, Freimaurer und Ostküstler gegen die grausamen Verheerungen des Rotlichts? Die sitzen ja auch nicht immer auf der Yacht oder im Düsenjet, sondern auch manchmal im Mercedes oder Audi vor der roten Ampel."

Gingrich überlegt.

„Kontaktlinsen", sagt er.

7.

Die Zeit ist aus den Fugen. Dem Korsett der Messbarkeit entschlüpft, folgt sie nur noch der subjektiven Wahrnehmung des Menschen, der in ihr vergeht. Je glücklicher der Mensch, desto rasanter eilt die Zeit dahin, während sie sich im Unglück so verlangsamt, dass das Elend endlos scheint. Eine berauschte Nacht an einem warmen Strand? Ein Fingerschnippen. Eine Nacht im Schützengraben? Eine Ewigkeit.

Mit einer Schlinge um den Hals stehen alle Uhren still. Oder sie drehen sich gar zurück: Der Lemming denkt an seine Kindheit, während sich der Draht in seine Kehle gräbt. Wie anders er doch damals war. Wie wach und zuversichtlich. Wie vertrauensvoll. Wie dumm. Wie anders auch die Zeit gewesen ist. Die anderen Menschen, die Gesellschaft. Oder hat er sie nur durch den Filter seines kindlichen Gemüts so wahrgenommen? Nichts ist, wie es scheint.

Vor ihm steht bleich und starr Pokorny, lang gestreckt wie eine Kerze. Auch um seinen Hals strafft sich die Schnur. Dieselbe Schnur. Sie führt vier Meter weit nach oben, läuft um einen dicken Ast und spannt sich wieder abwärts bis zum Hals des Lemming. Wie zwei Kirschen hängen die zwei Männer an dem Baum, obwohl der Baum kein Kirsch-, sondern ein Nussbaum ist. Zwei Kirschen, die sich äußerlich stark voneinander unterscheiden. Denn der Lemming trägt noch immer Kopfverband und Nachthemd (dankenswerterweise durfte er sich wenigstens die Jacke überwerfen), während man Pokorny in normaler Straßenkleidung aufgeknüpft hat. Halb vom stramm gespannten Draht gehalten, halb auf ihren Zehenspitzen balancierend warten sie auf den Moment, in dem der Erste keine Kraft mehr hat und aus dem Gleichgewicht gerät. Wenn einer stirbt, wird auch der andere unweigerlich erdrosselt.

Vor den beiden haben an die zwanzig Mitglieder des *Volkes* Aufstellung genommen, alle mit saphirblauen Schweißerbrillen versehen, die aber ungenutzt vor ihren Brüsten baumeln: Es gibt schließlich keine Ampeln auf dem Nussberg. In der Mitte Otto Gingrich mit verschränkten Armen wie Napoleon auf dem Feldherrenhügel.

„Wo haben Sie den Hund gelassen?", fragt er schon zum dritten Mal.

„Geh scheißen", ächzt Pokorny. Er hat sich erstaunlich rasch an die Gegebenheiten angepasst. Vor zehn Minuten erst ist er den Berg hinaufgestapft, hat sich mit einem Mal vom *Volk* umringt gesehen und musste sich – nicht ohne Gegenwehr – gefangen nehmen lassen. Mit dem Lemming hat er noch kein Wort gewechselt, doch das meiste kann er sich auch so zusammenreimen.

„Poldi", stöhnt er jetzt, „sag diesem Arsch kein Wort!"

Der Lemming schwankt. Und schweigt. Zum Sprechen ist er ohnehin zu schwach.

„Wo haben Sie den Hund gelassen?"

Es beginnt wie eine jener Monsterwellen, die hin und wieder die Pazifikküsten überfluten: unauffällig. „Nieder mit der Ampeldiktatur", murmelt ein junger Mann von hinten. „Stoppt den Rotlichtterror! Nieder mit der Ampeldiktatur!", stimmt eine Frau mit ein. Die Welle wächst und schwillt zum mächtigen Tsunami an. Bald sind es fünf, dann zehn, dann alle zwanzig, die mit hochgestreckten Armen und geballten Fäusten die Parole brüllen: „Nieder mit der Ampeldiktatur!" So klingt der Ingrimm der Entrechteten, so klingt der Volkszorn eines Volkes, das sich aus der Knechtschaft einer weltumspannenden Tyrannis führen lässt. „Stoppt den Rotlichtterror!"

Otto Gingrich brüllt nicht mit. Er hebt zwei Finger, und der Lärm verebbt.

„Wenn Sie uns sagen, wo der Hund ist, lassen wir Sie leben. Andernfalls ..."

Der Lemming schwankt. In seinem rechten Wadenmuskel kündigt sich ein Krampf an, seine Kehle glüht, in seinem Schädel pocht das Blut.

„Ich sag's", presst er mit letzter Kraft heraus. „Ich sag's."

Hinter dem Haus der Gingrichs, das dem *Volk* anscheinend nicht nur als Spital und Kerker, sondern auch als Königshof, Geheimdienst- und Kommandozentrum dient, scheint es einen bedingt befahrbaren Weg zu geben, der zwischen den Weingärten in Richtung Westen führt. Von dort ertönt nämlich das unverkennbare Geräusch mehrerer Autos, die gestartet werden und sich dann im ersten Gang durch unbefestigtes Gelände quälen. Aus dem allgemeinen, an einen empörten Bienenschwarm gemahnenden Gebrumm sticht jetzt das Aufheulen eines Motorrads heraus: Der schwarze Ritter ist wieder auf Hundejagd.

„Das hättest du nicht tun sollen", sagt Pokorny. „Eine Weile hätt ich schon noch durchgehalten."

„Aber ich nicht", antwortet der Lemming. „Und dann wären wir beide ..."

„Gusch!", fällt einer der zwei Wächter ihm ins Wort, die in der Kolonie des *Volks* zurückgeblieben sind. „Nicht miteinander reden, Maul halten!" Der Wächter ist ein Berg von einem Mann, über zwei Meter groß, und hat ein aufgedunsenes Gesicht, auf dem rötliche Stoppeln sprießen. Er trägt eine rot bedruckte Baseballkappe mit der Aufschrift *Elektronik-Zlatko* auf dem Kopf.

Der andere Bewacher ist beträchtlich kleiner und hat schwarze, fettglänzende Haare, die sich an den Enden zu kompakten Löckchen kringeln. Sein schmächtiger Körper steckt in einem grünen Trainingsanzug, der schon lange keine Waschmaschine mehr gesehen haben dürfte. Auf dem Rücken seiner Jacke prangt die Zeichnung einer alten Dampflok, unterlegt mit dem originellen Wort *Lokomotive*.

Wenigstens hat Otto Gingrich Wort gehalten. So wie auch der Lemming, nebenbei. Nachdem die Drahtschlingen von seinem und Pokornys Hals gelöst waren, hat er ausgepackt, wie das im Fachjargon der Detektive heißt. Er hat die Anschrift der Schönbrunner Tierarztpraxis preisgegeben. Und nachdem ihm Gingrich für den Fall, dass Herkules dort nicht zu finden wäre, mit diversen Folterqualen gedroht hat, wurde er gemeinsam mit Pokorny an den Baum gefesselt. An denselben Baum, an dem sie vorher noch gebaumelt waren.

„Warum hast du das Schwein nicht wenigstens belogen?", raunt Pokorny. „Irgendeine andere Adresse, und der Kuli wär in Sicherheit."

„Das hätt uns nichts gebracht", wispert der Lemming. „Diese Wahnsinnigen wären im Handumdrehen zurück, und dann wären wir im Handumdrehen tot. Ich hab uns Zeit gekauft, verstehst du? Die bringen den Hund auf jeden Fall hierher, bevor sie ihm was antun. Und bis dahin ..."

„Maul halten!", brüllt *Elektronik-Zlatko*.

„Ruhe!", ruft nun auch *Lokomotive*. „Kein Getuschel!" Neben seinem hoch gewachsenen Kollegen will eben auch er ein bisschen Stärke demonstrieren. Wobei sich seine Stimme nicht so ganz ins Bild des resoluten Alphamännchens fügt. Sie ist so dünn und hoch, dass sie mit dem Gesang der Vögel in den Bäumen harmoniert. Lokomotive wirkt nervös, greift immer wieder in die Seitentaschen seiner Trainingsjacke, tastet seine Hosentaschen ab, scheint aber nicht zu finden, was er sucht.

„Was ist? Was brauchst?", fragt *Elektronik-Zlatko*.

„Tschick vergessen. Hast du welche?"

Jetzt beginnt auch *Elektronik-Zlatko*, seine Taschen zu durchsuchen. „In der Hütte", sagt er dann mit einem Achselzucken.

„Magst sie holen?"

„Nix da. Wir sollen ausdrücklich bei den zwei Scheißern bleiben."

„Dreck." *Lokomotive* überlegt. „Was ist mit den zwei Scheißern?", fragt er dann. „Vielleicht haben die was."

Elektronik-Zlatko nickt und baut sich drohend vor Pokorny auf. „Hast Tschick?", fährt er ihn an.

Pokorny schweigt.

„Bist taub? Ich frag dich, ob du Zigaretten hast!"

„Soll ich jetzt kuschen oder reden?", gibt Pokorny indigniert zurück. Keine Replik, mit der man einen Mann wie *Elektronik-Zlatko* reizen sollte. Ansatzlos drischt er Pokorny die geballte Rechte ins Gesicht.

„Ich hab was!", schreit der Lemming auf. „Herrgott, ich hab was! Kautabak! In meiner linken Außentasche!"

Früher Nachmittag. Der schwarze Ritter, Otto Gingrich und das *Volk* sind nun schon über eine Stunde fort. Nach der Berechnung des Lemming müssten sie gerade beim Tiroler Tor sein und versuchen, Kuli aus der Tierarztpraxis zu entführen. Er kann nur hoffen, dass Klaras Kollegen und Kolleginnen sich weniger auf die Brutalität des schwarzen Ritters als auf Otto Gingrichs halbseidene Eloquenz verlassen.

Er betrachtet seinen Freund. Pokorny ist nach *Elektronik-Zlatkos* Faustschlag ziemlich derangiert. Von seiner Nase zieht sich eine breite braune Blutspur bis zum Kragen seines Leibchens, seine Augen sind von einer violetten Acht umrahmt, als trüge er eine venezianische Karnevalsmaske im Gesicht. Gebrochene Nase, konstatiert der Lemming. Eigentlich ein Fall für einen Arzt oder zumindest eine Krankenschwester, wenn die Krankenschwester nicht gerade Lotte Gingrich ist. Wo steckt sie überhaupt? Der Lemming hat sie nicht mehr zu Gesicht bekommen, seit sie ihn in seinem Krankenzimmer eingesperrt hat.

„Hättest du den beiden Affen den Tabak nicht früher geben können?", stöhnt Pokorny.

„Tut mir leid. Ich wollt sie noch ein wenig zappeln lassen."

„Hauptsache, sie haben jetzt, was sie wollten", meint Pokorny grimmig. „Wirklich lieb von dir. Nachdem sie mich halbtot geprügelt haben. Poldi, ich versteh dich nicht."

„Wart's ab", murmelt der Lemming.

Es beginnt bei *Elektronik-Zlatko*. Er steht schon seit einer Weile reglos da und scheint in sich hineinzuhorchen, während seine Kieferknochen mahlen wie kleine Knetmaschinen. Jetzt legt er den Kopf zur Seite und begafft den Baum, an dessen Stamm Pokorny und der Lemming festgezurrt sind. Wie von selbst klappt seine Kinnlade nach unten; in den Mundwinkeln glitzert der Speichel.

Gleich drei Stängel aus dem Leinenbeutel hat sich *Elektronik-Zlatko* in den Mund gesteckt. *Lokomotive* war nicht ganz so gierig; er hat es bei zwei bewenden lassen, ehe er dem Lemming das nun fast schon leere Säckchen wieder in die Jackentasche steckte. Trotzdem lässt sich auch bei ihm eine Verhaltensänderung feststellen, die sich rasch zu einer heftigen Gemütsaufwallung steigert: Seine Unterlippe zittert, seine Augen ruhen auf *Elektronik-Zlatko*. Feuchte Augen. Nasse Augen. Schon löst sich die erste Träne und kullert ihm über das Gesicht. *Lokomotive* weint.

„Du bist ein wunderschönes Lebewesen", schluchzt *Lokomotive*. „Dieser Schimmer, deine Haut, dein Bart. Du bist aus Gold!"

Doch *Elektronik-Zlatko* ist zu tief in seine eigenen Betrachtungen versunken, als dass er die Komplimente hören könnte. Langsam nimmt er seine Baseballkappe ab und presst sie sich mit beiden Händen an die Brust: die Geste eines Menschen, der zum Zeugen eines Wunders wird. „Er atmet", haucht er, tief erschüttert. Und dann noch einmal: „Er atmet."

Wie ein Pilz steht er jetzt vor dem Baum. Denn ohne seine Kappe sieht auch er wie ein Spitzkegeliger Kahlkopf aus.

Pokorny versteht gar nichts mehr. Entgeistert folgt er der kathartischen Verwandlung der beiden Wächter, und so spiegeln sich gewissermaßen deren Mienen in der seinen wider: große (wenn in seinem Fall auch violett gerahmte) Augen und ein offener Mund.

Der Lemming sieht dagegen seine Chance gekommen. Schließlich hat er seine psychedelischen Erfahrungen bereits gemacht und hofft daher, den Rausch der beiden Männer steuern oder wenigstens beeinflussen zu können. Wie sich nun erweist, wird eine solche Einflussnahme aber nur bei *Elektronik-Zlatko* nötig sein. *Lokomotive* nämlich hat etwas entdeckt, das sich den Blicken aller anderen entzieht. Ein fernes, unsagbar beeindruckendes Etwas irgendwo hinter den Bäumen, offenbar ein Etwas, das man nur durch einen Blaufilter zu sehen vermag. *Lokomotive* setzt sich nämlich seine blaue Schweißerbrille auf und sprintet los. Man könnte sagen, er dampft ab, obwohl seine Bewegungen weit eher an das federleichte Hüpfen eines Kängurus als an das gleichförmige Stampfen einer Dampflok denken lassen. Binnen weniger Sekunden ist die hüpfende *Lokomotive* im Gehölz verschwunden.

Bleibt also noch der in seiner Baumbetrachtung tief versunkene *Elektronik-Zlatko*. Nach wie vor nimmt er die Pose eines Jüngers ein, dessen Prophet gerade von den Toten aufersteht.

„Er atmet", flüstert er in einem fort. „Er atmet."

„Ja, aber er leidet", sagt der Lemming jetzt mit sanfter Stimme. „Armer, armer Baum."

„Er leidet?" *Elektronik-Zlatko* starrt zwar weiterhin den Baum an, aber seine Aufmerksamkeit gilt jetzt ganz dem Lemming. „Warum leidet er?"

„Weil er gefesselt ist. Du hast den armen Baum an uns gefesselt", sagt der Lemming. Er vermeidet es, Pokorny anzusehen. Ein Blick in dessen fassungslose Augen, und er würde seinen so genannten Flow verlieren: diesen erhebenden, leider so seltenen Zustand, in dem man mit einer Rolle oder Tätigkeit vollkommen eins ist.

„Armer, armer Baum. Gefesselt." *Elektronik-Zlatko* nickt. „Was soll ich denn jetzt machen? Baum, was soll ich tun?"

„Befreie mich", flüstert Pokorny, und der Lemming zieht im Geiste seinen Hut vor ihm: Pokorny hat die Lage überraschend schnell erfasst. „Befreie mich", wispert er nun ein wenig lauter.

Elektronik-Zlatko löst sich aus seiner Erstarrung und stapft auf den Nussbaum zu. In seinem Blick liegt die Gewissheit aller überzeugten Gläubigen. Die unverbrüchliche Gewissheit, dass es auf der Welt nur eine wahre Lichtgestalt gibt, der es sich zu dienen lohnt. Vergessen sind die vielen Führer, denen er wohl schon gefolgt ist. Ja, auch Otto Gingrich ist vergessen. *Elektronik-Zlatkos* neue Gottheit ist ein Nussbaum im Nordwesten Wiens.

8.

„Hast du noch was von dem Zeug? Wir könnten es dem *Volk* vielleicht ins Essen mischen", sagt Pokorny und tupft sich behutsam das Gesicht ab.

„Tut mir leid." Der Lemming schaut zur Sicherheit noch einmal in das Leinensäckchen. „Nein. Ein kümmerlicher Stängel ist noch da. Im Übrigen bezweifle ich, dass diese Irren gemeinsam essen. Ist ja kein Kibbuz."

Kaum hatte *Elektronik-Zlatko* seinem neuen Gott, dem Baum, die Fesseln abgenommen, sind Pokorny und der Lemming losgerannt, so rasch es ihnen möglich war. Sehr rasch war das in Anbetracht ihrer vom stundenlangen Stehen steifen Glieder nicht. Und wie sich bald herausstellte, hätten sie sich erst gar nicht so zu hetzen brauchen. Ihre Eile war gewissermaßen übereilt, denn *Elektronik-Zlatko* schenkte seinen zwei Gefangenen keinerlei Beachtung mehr. Die Arme um den Baum geschlungen, stand er mit geschlossenen Augen da und lauschte dessen Atem.

Dass Pokorny und der Lemming *los*rannten, bedeutete nun aber nicht, dass sie auch *fort*rannten. Natürlich war der starke Drang da, diesen Ort des Grauens und der Dummheit hinter sich zu lassen, aber es gab gute Gründe, diesem Drang zu widerstehen. Denn erstens galt es ja noch immer, einen Mops zu retten, zweitens war die Aufmachung des Lemming (barfuß und im Nachthemd) nicht dazu geeignet, über Stock und Stein bis in die asphaltierte Wiener Zivilisation zu flüchten. In der Hoffnung, dass Lotte Gingrich Otto zum Tiroler Tor begleitet hatte, dass der König und die Königin der Meute also ausgeflogen waren, beschloss der Lemming deshalb, sich noch einmal in die Höhle des Löwen zu begeben. Mit ein wenig Glück würde er dort zumindest seine Schuhe wiederfinden. Und vielleicht sogar sein Handy. Auch Pokorny zögerte nicht lange, wobei ihn die Aussicht auf ein bisschen kaltes Wasser und ein bisschen kalten Hochprozentigen (das eine für sein mitgenommenes Gesicht, das andere für seinen mitgenommenen Magen) antrieb.

Es war alles da. Die Schuhe und die Kleider, beide Handys (auch das von Pokorny) und das gute alte Telefonverzeichnis. Alles lag in einem großen Raum im Erdgeschoß, der neben einem langen Konferenztisch, einem Aktenschrank und einer Anrichte auch einen Kühlschrank und ein Waschbecken enthielt. Ein Raum wie ein vergessenes Stückchen Himmel im Zentrum der Hölle.

„Wäre es nicht an der Zeit, die Polizei zu rufen?", fragt Pokorny, während er den Kühlschrank öffnet.

„Hast du das nicht gestern Abend schon probiert? Und was ist dabei rausgekommen? Nichts." Der Lemming stößt halb ratlos, halb empört die Luft aus. „Wie lautet die Anklage? Geplanter Mord an einem Mops? Wir haben nichts in der Hand. Keine Beweise, weder für den Mord an dieser blau bebrillten Frau namens Fiona noch für den am

Lothar Blaschek. Von dem armen Kerl ist sogar die Leiche weg! Was meinen Kopf und dein Gesicht betrifft, steht unsere Version gegen die Aussage von zwanzig anderen. Mit einem Wort, wir sind auf uns allein gestellt."

„Magst einen Schluck?" Pokorny hat tatsächlich eine Flasche kalten Wodka im Gefrierfach des ansonsten leeren Kühlschranks vorgefunden.

„Danke, vielleicht später."

„Also sag, was sollen wir tun?"

Der Lemming bleibt Pokorny eine Antwort schuldig. Er steht jetzt vor einer Pinnwand, die längsseits des Tisches an der Mauer hängt, und mustert die mit bunten Stecknadeln daran befestigten Zettel und Notizen. Im Zentrum hängt ein großer, leicht vergilbter Bogen, bei dem es sich anscheinend um einen Bauplan handelt. Allerdings nicht um den Bauplan eines Ferienhäuschens oder ähnlich überschaubaren Gebäudes, sondern um den Grundriss einer mächtigen, ja kolossalen Festungsanlage. Ein Teil des rechten Seitenflügels ist mit einem roten Kreis markiert.

„Schau her, Pepi."

„Was ist das?", fragt Pokorny. „Wollen die dieses Monstrum auf den Nussberg stellen? Als Bollwerk gegen Ampeldiktatur und Rotlichtterror?"

„Ganz im Gegenteil. Das ist das Hauptquartier der Ampeldiktatur."

„Was für ein Hauptquartier?"

Pokorny hat sich ja erst vor drei Stunden auf dem Nussberg eingefunden, und so sind ihm wesentliche Abschnitte der Handlung entgangen wie einem verspäteten Theatergast. Bewundernswert, wie viel er sich – nur aus der Nussbaum-Szene – selbst zusammenreimen kann. Doch Otto Gingrichs paranoide Schwurbeleien hat er nicht mit angehört, sodass der Lemming ihm nun doch ein wenig auf die Sprünge helfen muss.

„Das ist der Grundriss der Rossauer Kaserne. Und da", der Lemming legt den Zeigefinger auf den roten Kreis, „ist die ..."

„Wiener Verkehrsleitzentrale!", ruft Pokorny, womit er seine Kombinationsgabe ein weiteres Mal unter Beweis stellt. „Klar doch! Rotlichtterror, Ampeldiktatur, die blau gefärbten Brillen, der Mord am Mitarbeiter einer Ampelfirma und die Jagd auf seinen kleinen Hund: Da fügt sich schon ein – wenn auch ziemlich krankes – Bild für mich zusammen. Aber wozu brauchen die den Plan von der Kaserne?"

„Wenn ich's wüsste", antwortet der Lemming.

„Und warum sind sie hinter dem Kuli her?"

„Der Blaschek – möge er in Frieden ruhen – hat dem Kuli angeblich geheime Daten implantiert, mit denen sich beweisen lässt, dass das gemeine Volk mithilfe von Verkehrsampeln manipuliert, versklavt und willenlos gemacht wird."

„Das gemeine Volk", murmelt Pokorny. „Trefflich ausgedrückt. Ich nehme meine Theorie von gestern Abend endgültig zurück. Du weißt schon, die Geschichte mit der Russenmafia. Aber die Wahrheit scheint in diesem Fall nicht weniger absonderlich zu sein."

Der Lemming nickt. „Die Leute werden generell immer absonderlicher. Vielleicht ist das eine Art gesellschaftlicher Entropie. Eine Tendenz zum kollektiven Chaos. Auch zum geistigen."

„Zum geistigen wahrscheinlich schon. Was die Verteilung materieller Güter anbelangt, kann ich aber beim besten Willen keinen Trend zur Entropie erkennen", sagt Pokorny und macht eine ausholende Geste. „Dieses lächerliche Dorf hier ist das beste Beispiel. Rundherum die Holzhütten des Proletariats und mittendrin das Herrschaftshaus des Standesherrn. Allein das Grundstück ist Millionen wert. Besitzlos ist er wahrlich nicht, dein Gingrich."

„Obacht, Pepi! Es ist nicht mein Gingrich!", knurrt der Lemming. „Trotzdem hast du recht. Ich war ja bisher nur im Gästezimmer und im Stiegenhaus, aber ich frag mich, wie der Rest des Hauses ausschaut."

„Also los." Pokorny schwenkt die Wodkaflasche. „Machen wir eine Besichtigung. Wir können eh nicht weg, ohne das Hunderl zu opfern."

„Hunderl opfern ist keine Option", erklärt der Lemming. „Gehen wir."

Katzenartig leise und auf unheilschwangere Geräusche lauschend setzen sich die beiden Männer in Bewegung. Am unteren Treppenabsatz, gleich neben der talseitigen Tür des Hauses, tritt der Lemming noch einmal ans Fenster, um die Lage zu sondieren.

Der Nussbaum ist in guten Händen. Nach wie vor schmiegt Elektronik-Zlatko sich an seinen Stamm, umarmt und streichelt ihn mit einer Inbrunst, die so bald nicht zu erlöschen droht. Ein Riesenkoala, der sich an einen Eukalyptus klammert.

Von Lokomotive ist dagegen nichts zu sehen. Es wäre interessant zu wissen, welcher Phantasiegestalt er hinterhergehüpft ist – und ob er noch immer hüpft.

Lokomotive könnte gut und gerne schon in Kierling oder Gugging sein.

Der erste Stock des Herrenhauses also. Dass die Räume überaus luxuriös gestaltet wären, kann man nicht behaupten. Wie in dem bereits bekannten Zimmer, das dem Lemming als Arrest und Nachtquartier gedient hat, herrscht auch in den anderen Räumen eine elegante Schlichtheit vor. Naturmaterialien, gedeckte Farben, einfache, dezente Formen. Prunklos, aber kultiviert. Trotzdem stellt sich die Atmosphäre, die ihm heute Morgen noch so ruhevoll erschienen ist, dem Lemming jetzt ganz anders dar. Objekte, die er noch vor ein paar Stunden als belanglose Dekorationsstücke, als Ausdruck eines arglosen Gestaltungswillens betrachtet hätte, werden plötzlich unheilschwanger und bedeutungsvoll. So wie ja auch die Bücher im Regal des Gästezimmers auf den ersten Blick nur Bücher waren, auf den zweiten allerdings ...

Im Schlafzimmer der Gingrichs beispielsweise findet sich auf einem runden Ahorntisch eine metallisch glänzende, tiefschwarze Pyramide. Wie von Marsmännchen dort abgestellt, scheint sie keinem speziellen Zweck zu dienen, jedenfalls keinem terrestrischen.

„Schungit", bemerkt Pokorny.

„Was?"

„Die Pyramide. Sie ist aus Schungit: versteinerter, sechshundert Millionen Jahre alter Faulschlamm. Wird von Esoterikern als Strahlenschutz und Energiespender verwendet. Seine positive Wirkung ist erwiesen, man kann auch sein Kraftfeld messen."

„Und wie kann man so was messen?", fragt der Lemming.

„Mit der Wünschelrute", grinst Pokorny.

Nicht, dass sich der Lemming zu den Menschen zählt, die eine grundsätzliche Abneigung gegen die Esoterik pflegen. Als Kontrastprogramm zum Materialismus ist sie ihm sogar sympathisch. So, wie einem auch ein Kindheitstraum sympathisch sein kann, der von unentdeckten Welten, Zeitmaschinen und vergrabenen Piratenschätzen handelt. Und der ja – zu einer kleinen, fernen, nebulösen Hoffnung geschrumpft – auch im Erwachsenen nicht selten weiterschlummert: *Wäre es nicht großartig, den sagenhaften Jungbrunnen zu finden? Oder bei einer Séance noch einmal mit dem toten Großvater zu plaudern?*

Schließlich liegt es im Bereich des Möglichen, dass unsere Welt nicht nur auf physikalischen und chemischen Gesetzen fußt. Beziehungsweise dass diese – nur scheinbar unverrückbaren – Gesetze irgendwann in einem unsichtbaren, numinosen Parlament beschlossen worden sind. Und dass die rationalen Denkmuster der Aufklärung, die vor dreihundert Jahren über die hellsichtigen Lehren der Schamanen, Medizinmänner und Geistheiler hinweggerollt sind, unseren Blick auf dieses Parlament getrübt haben. Was aber an der Existenz des Parlaments genauso wenig ändern würde wie an der prinzipiellen Möglichkeit, es auf spirituellem Wege aufzuspüren, den Sitzungen der Götter beizuwohnen, ja vielleicht sogar die Abstimmungen zu beeinflussen.

Natürlich muss auch das Gesetz des Stärkeren in diesem Himmelsparlament beschlossen worden sein. Mit anderen Worten: das Gesetz des Marktes. Deshalb ist die ihrem Wesen nach so feinstoffliche Esoterik längst zum schäbigen Kommerz verkommen. Der Profit ist nun einmal der Schmelztiegel, in dem sich das Profane mit dem Göttlichen vereint; so überirdisch kann auf dieser Welt nichts sein, als dass die Wirtschaft es nicht fressen würde.

„Für das Ding", Pokorny deutet auf die schwarze Pyramide, „legst du gut und gern zweihundert Euro auf den Tisch."

Egal. Das ist nicht das Problem. Es gibt aber Bereiche in der Esoterik, wo beim Lemming jede Sympathie und jegliches Verständnis aufhört: ihre unsäglichen braunen Ränder nämlich. Diese dumpfe, nach Germanenblut und Nibelungenschweiß stinkende Geisteshaltung, die sich aus dem jämmerlichen Wunsch nach Macht und Geltung nährt, die stolz und überheblich ist und doch nichts anderes offenbart als Trotz. Den Trotz eines verzogenen Kindes, das um Aufmerksamkeit heischt. An diesen braunen Rändern gehen Okkultismus und Rassismus Hand in Hand. Hier werden Missstände behauptet, die es gar nicht gibt, und Menschen als Sündenböcke auserkoren, die sich nichts zuschulden haben kommen lassen. Trotzdem muss es wahr sein: Thor und Wotan und die Außerirdischen in ihren Reichsflugscheiben können es bezeugen.

Braune Esoterik also. Otto Gingrich, seine Bücher und seine Kommune. All das stinkt zum Himmel. Lotte, seine Frau, und sein verfluchtes Herrenhaus. Ein widerlicher brauner Sumpf.

Im Bad neben dem Schlafzimmer schmückt ein schwarz-weißes Fliesenmosaik die Wand über der Badewanne: drei in einer Kreisform angeordnete, um jeweils fünfzehn Grad verschobene Hakenkreuze. Eine so genannte *Schwarze Sonne*, die diversen rechtsextremen Kreisen als Erkennungszeichen dient.

„Genug gesehen", sagt der Lemming, und die beiden Männer machen auf dem Absatz kehrt, um ins Parterre zurückzugehen.

„Moment ..." Pokorny taumelt, stützt sich an der Wand ab und bleibt stehen. Er senkt den Kopf, starrt auf den Boden und macht ein paar tiefe Atemzüge.

„Pepi? Was ist los mit dir?"

„Es ist nichts ... Nur der Faustschlag. Und das Alter. Und der Wodka. So, es geht schon wieder."

„Wirklich?"

„Wirklich, Poldi. Komm." Pokorny streckt den Rücken durch wie eine Balletteuse. Dann geht er voran ins Erdgeschoss.

Nach einem prüfenden Blick aus dem Fenster (*Elektronik-Zlatko* hat sich nicht vom Fleck bewegt; wahrscheinlich schlägt auch er bald Wurzeln) inspizieren Pokorny und der Lemming die moderne Küche und das Wohnzimmer hinter dem großen Konferenzraum. Ein mit beigem Baumwollstoff bezogenes Sofa, ein monumentaler Fernsehapparat und eine Bücherwand, die den von Otto Gingrich schon erwähnten Rest seiner Verschwörungsbibliothek enthält. Auf einem Beistelltisch ein alter, reich verzierter Samowar.

„Nichts, was uns weiterhilft." Der Lemming ringt entnervt die Hände. „Man würde doch annehmen, dass es hier irgendwo so etwas gibt wie einen Waffenschrank."

„Das Tabernakel aller mörderischen Sekten", nickt Pokorny. „Schauen wir noch einmal in den Versammlungsraum."

Aber vergeblich. Keine Colts und keine abgesägten Schrotflinten. Noch nicht einmal ein Messer. In den Schubladen des Aktenschranks herrscht Leere, und hinter den Türen der Anrichte findet sich nichts als ein paar Teller, eine Suppenschüssel und ein Teegeschirr. Mit anderen Worten nichts, das nicht in eine Anrichte gehört.

Der Lemming tritt noch einmal an die Pinnwand, zieht sie ein Stück von der Mauer weg und späht dahinter. Aber da ist kein versteckter Hohlraum, kein im Mauerwerk versenkter Safe.

Stattdessen fällt ihm etwas anderes ins Auge.

Ein Computerausdruck nämlich, der neben dem Grundriss der Rossauer Kaserne an der Pinnwand angeheftet ist. Eine Buchungsbestätigung, wie schon das kess geschwungene pinkfarbene Logo auf dem Briefkopf andeutet. Ein Logo, das zwar weniger an eine Onlineplattform zur Vermittlung von Ferienunterkünften denken lässt als an einen Versandhandel für Sexspielzeug, das aber auch dem Lemming wohlbekannt ist. Über diese Plattform hat ja Klara ein Quartier in Amsterdam gebucht. Für ihren Aufenthalt mit Ben. Ein Appartement, das groß genug für drei gewesen wäre.

„Ferienwohnung in 1090 Wien", murmelt der Lemming.

„Was?" Pokorny stellt sich neben ihn.

„Die haben eine Wohnung angemietet, für zwei Nächte ab dem fünften Juni."

„Also heute."

„In der Maria-Theresien-Straße. Nummer zwanzig, nicht so weit vom Kai entfernt."

„Zwei Häuserblocks. Wahrscheinlich gleich beim Schlickplatz, also ..."

„Direkt gegenüber der Kaserne", nickt der Lemming und zeigt wieder auf den Grundriss, auf den roten Kreis. „Gerade einmal zwanzig Meter von der Leitstelle entfernt."

„Wozu? Wollen die hinüberspucken?", fragt Pokorny – und horcht auf.

Von fern rollt ein Geräusch über die Weinberge, schält sich aus dem Gesang der Vögel wie ein Caterpillar aus dem Dschungel und bahnt sich den Weg durch ein gekipptes Fenster in das Haus. Ein unverkennbares Geräusch. Das Röhren eines Motorrads.

Schon setzt sich Pokorny in Bewegung, läuft, gefolgt vom Lemming, aus dem Raum und durch das Vorzimmer zur hinteren, bergseitigen Eingangstür. Glücklicherweise ist sie unversperrt.

Der Lemming hat es ja bereits vermutet: An der Rückseite des Hauses endet der zur Donau hin geneigte Wald. Ein Feldweg trennt ihn von den weiträumigen Weingärten, die sich über den Berg nach Westen ziehen. Hier dürfte sich normalerweise auch der Wagenpark des *Volks* befinden, wenn das *Volk* sich nicht gerade mit der Jagd auf einen Mops die Zeit vertreibt. Der Lärm des Motorrads ebbt ab, wird wieder lauter, legt sich rau und kratzig über die tiefgrüne, sanft geschwungene Landschaft, ja, er bildet diese Landschaft förmlich ab: die Talsenken gedämpft, die Kuppen scharf und aggressiv.

„Wenn das der Hund von einem Hundefänger ist, dann bleiben uns vielleicht noch zehn Minuten, höchstens eine

Viertelstunde", brummt Pokorny und wendet sich um. Der Lemming macht einen Schritt zur Seite, um ihm Platz zu machen.

„Hast du das gehört?" Der Lemming tritt noch einmal auf der Stelle. Stampft dann kräftig auf und lauscht dem tiefen, hohlen Klang. „Das ist doch ..."

Hastig schlägt er die blau-weiß gestreifte Teppichbahn auf den Dielen zurück, und wirklich: In den Boden ist ein rechteckiges Loch geschnitten, in das Loch eine mit einem Eisenring versehene Falltür eingepasst.

„Ein Keller", sagt Pokorny, und in dieser – nicht gerade geistreichen – Bemerkung schwingt etwas wie eine kleine Hoffnung mit. Die Hoffnung auf spitzes Werkzeug, scharfe Waffen oder wenigstens ein sicheres Versteck.

Wie groß ein Keller sein kann. Größer als das Haus, so scheint es jedenfalls dem Lemming. Und modern, fast wie die Filmkulissen der Geheimdienstzentren, die er aus diversen Spionagefilmen kennt. In einiger Entfernung lässt sich eine Theke mit Computertastaturen und Monitoren erkennen, deren Bildschirme allerdings abgeschaltet sind. Die rechte Wand nimmt eine lange Werkbank ein, unter der mehrere Behältnisse mit Brillengestellen und bläulich-transparenten Kunststoffplatten stehen: Hier werden offenbar die Filterbrillen gefertigt, diese Attribute einer unbeugsamen Volksgesinnung.

In der Mitte aber steht, von an der Decke angebrachten Strahlern in ein grelles Licht getaucht, ein schimmernder, konkav gewölbter Stahltisch. Gleich daneben liegt auf einem gläsernen Servierwagen ein Aluminiumtablett mit Scheren, Pinzetten, Sägen und Skalpellen: chirurgisches

Besteck oder auch Folterwerkzeug, je nach Absicht des Operateurs.

„Hier werden sie es machen", sagt der Lemming. „Hier werden sie den Kuli aufschneiden."

Pokorny reagiert nicht. Er ist weit nach hinten in den Raum gegangen und im Halbdunkel nur noch als Schattenriss erkennbar.

„Scheiß mich an", hört ihn der Lemming raunen. „Scheiß mich an ..."

Der Stapel ist mannshoch. Gut vierzig graubraune und dunkelgrüne Kisten. Manche von der Größe einer Hutschachtel, die meisten aber mit den Maßen kleiner Särge. Und das illustriert ja in gewisser Weise auch den Zweck, dem diese Holz- und Metallkisten dienen.

„Scheiß mich an", flüstert jetzt auch der Lemming.

Mehrere der Kisten stehen geöffnet vor dem Stapel, einige davon sind – bis auf etwas Holzwolle, die offenbar als Füllmaterial gedient hat – leer. Aus allen anderen aber schimmern Stahl und Messing: Anscheinend wollte das *Volk* sich vergewissern, dass der Inhalt der Behälter hält, was die mithilfe von Schablonen auf die Deckel aufgesprühte Schrift verspricht. Wobei sie nicht so leicht zu lesen ist, die Schrift:

Автомат Калашникова образца 47
ручная граната оборонительная
Ручной противотанковый гранатомет

„Kalaschnikows und Handgranaten", sagt Pokorny mit belegter Stimme, „kiloweise Munition und Sprengstoff. Und zum Drüberstreuen ein paar RPG-7-Panzerfäuste. Das da ist kein Waffenschrank, das ist ein Arsenal."

9.

„Ich weiß jetzt, wie wir's machen." Seltsam, dass Pokorny diesen Satz mit einem leisen und verträumten Lächeln sagt. Wie jemand, der die Weltformel entdeckt hat. Oder der nach zwanzig Jahren zum ersten Mal auf Urlaub fährt.

„Und wie?"

Statt einer Antwort beugt Pokorny sich über eine der kleineren Kisten, in der acht giftgrüne Eierhandgranaten liegen. Mit dem Gestus einer wählerischen Dame, die sich Petits Fours aus einem Döschen pickt, nimmt er vier Handgranaten aus der Kiste und schiebt sie behutsam in die Seitentaschen seiner Jacke. Er richtet sich wieder auf und sieht den Lemming mit glänzenden Augen an.

„Du musst mir jetzt etwas versprechen, Poldi."

„Was denn? Sag!" Der Lemming hat mit einem Mal ein mulmiges Gefühl. Keine Beklemmung, wie man sie vor einer schweren Prüfung hat, sondern die Bangigkeit, die sich erst *nach* der Prüfung einstellt, wenn der Lehrer die Zensuren verteilt: Das Urteil ist bereits gefällt, es wird nur noch verkündet.

„Dass du mir nicht in die Quere kommst. Dass du mich machen lässt. Und dass du, wenn du mich schon nicht verstehst, es wenigstens versuchst." Pokorny streckt die Arme aus und nimmt den Lemming an den Schultern. „Weißt du, seit fast einem Jahr träum ich von einer solchen Chance. Und dass ich sie noch krieg, ist ein Geschenk des Himmels, da könnt ich tatsächlich noch beginnen, an den lieben Gott zu glauben. Es ist so, Poldi: Ich hab schon länger den Verdacht, dass irgendwas nicht stimmt in meinem Schädel. Sehstörungen, Schwindel, Kopfweh und so weiter. Und im letzten Juni war ich schweren Herzens bei der Untersuchung. Lass mich die Geschichte abkürzen, wir haben ja nicht viel Zeit. Ich hab einen Gehirntumor mit einem eigentlich sehr hübschen Namen: Schmetterlingsgliom. Ein bösartiger Schmetterling. Unheilbar und so groß wie ... Ja, wie diese Handgranaten. Die Prognose war im besten Fall ein Jahr, und dieses Jahr hab ich jetzt fast erreicht."

Mit einem Seufzen hält Pokorny inne. „Atmen, Poldi", sagt er. „Atmen ..."

Doch das Atmen fällt dem Lemming schwer. Wozu auch atmen, wenn sein Blut den Sauerstoff gerade ohnehin nicht transportieren kann? Es ist fort, das Blut. Hat sich aus seinem Kopf und seiner Haut zurückgezogen wie das Meerwasser bei Ebbe. Und der ausgedörrte graue Strand ist sein Gesicht. Der Lemming starrt Pokorny an, starrt auf die blutdurchpulste Haut des Freundes.

Eines Freundes, der in Anbetracht der Lage aber rasch wieder zur Sache kommt: „Weißt du, ich hab heut einen Haupttreffer gemacht. Noch einmal etwas Sinnvolles zu tun, ein Abenteuer zu erleben, statt in meinem blöden Wächterhaus zu sitzen oder in einem

Spitalsbett vor mich hinzudämmern. Wie viel Leute haben so ein Glück? Also pass jetzt gut auf: Du wartest hier herunten auf die Wahnsinnigen und den Kuli. Such dir ein Versteck, damit dich diese Drecksäcke nicht gleich entdecken. Und ich geh derweil hinauf zur Waldseite, zu unserem Baumliebhaber. Mit ein bissel Glück schauen die nicht nach, ob wir dort eh noch angebunden sind, bevor sie in den Keller gehen. Und dann lenk ich sie ab, die Arschlöcher." Pokorny schiebt den Lemming von sich weg und grinst ihn an. „Ich hol sie aus dem Keller. Mit einem soliden Feuerwerk." Er klopft auf seine Jackentaschen. „Und, wer weiß, vielleicht hol ich sogar den Keller aus dem Keller."

Mittlerweile ist der Lemming wieder hinlänglich der Sprache mächtig, auch wenn er infolge seiner Schockstarre nach Luft schnappt wie ein Fisch am Trockenen.

„Du willst dich ... in die Luft sprengen?"

„Na ja", lächelt Pokorny, „Handgranaten sind ja eigentlich zum Werfen da und nicht zum Schlucken. Trotzdem birgt die Sache ein gewisses Risiko. Ein Risiko, das du mir gönnen wirst. Weil du mein Freund bist."

„Aber ... Das ist doch kein Risiko!" Der Lemming deutet auf den Kistenstapel. „Das ist Selbstmord! Diese Irren sind sicher schwer bewaffnet, die ... die reißen dich in Stücke! Und was heißt das überhaupt: *den Keller aus dem Keller holen*?"

Keine Antwort. Nur wieder dieses verträumte Lächeln.

„Poldi", sagt Pokorny.

Nur das eine Wort, den einen Namen sagt er, ehe er sich in Bewegung setzt. Er dreht sich nicht mehr um. Im oberen Bereich der Kellertreppe hält er noch einmal kurz inne, um das Kellerlicht zu löschen. Dann steigt er hinauf ins Erdgeschoß und schließt die Falltür.

Eine große Finsternis. Im Keller und im Herzen. Alles ist so schnell gegangen, dass der Lemming sich erst wieder in den Griff bekommen muss. Seine chaotischen Gedanken wollen sich noch nicht ordnen, sie sind ungreifbar und flüchtig wie Kondensstreifen am Himmel. Gleichzeitig ist ihm bewusst, dass es für Überlegungen jetzt ohnehin zu spät ist, mögen sie auch noch so weise sein. Kondensstreifen entstehen ja auch erst, wenn der Düsenjet bereits vorbei ist. Sie erzählen eine Geschichte, die sich nicht mehr ändern lässt. Und dann verblassen sie.

Er nimmt sein Handy und schaltet die integrierte Taschenlampe ein. Pokornys Wunsch ist ihm Befehl: Er muss sich ein Versteck suchen. Wenn ihn das *Volk* entdeckt, bevor das Feuerwerk im Wald beginnt, war alles sinnlos. Falls es das nicht ohnehin ist.

In der rechten hinteren Ecke, zwischen den Computern und der Werkbank, streicht der Strahl der Lampe über eine große weiße Tiefkühltruhe. Vielleicht ist sie ja nicht in Betrieb, sie müsste jedenfalls genügend Platz bieten, um sich den Blicken Otto Gingrichs und seiner verrückten Mörderbande für ein paar Minuten zu entziehen. Der Lemming hebt den Deckel an, und eine Welle kalter Luft strömt ihm entgegen. Kein geeignetes Versteck, sofern man nicht zu Eis erstarren will.

Außerdem ist die Gefriertruhe bereits besetzt.

Der Schreckensschrei des Lemming hallt gespenstisch von den Kellerwänden wider. So wie auch der Knall des schweren Deckels, der nun wieder auf die Truhe fällt. Der Lemming öffnet ihn nicht noch einmal, er hat genug gesehen. Nur einen Wimpernschlag lang hat er durch den Spalt geschaut, und doch hat sich das Bild sogleich in seine Netzhaut eingebrannt. Er sieht es immer noch, selbst mit geschlossenen Lidern: Lothar Blascheks Körper und daneben Lothar Blascheks abgetrennter Kopf. Auf seiner Haut und seinen Haaren das Funkeln abertausender Brillanten. Wie verzaubert hat er ausgesehen mit seinem Schmuck aus Eiskristallen. Verzaubert und verflucht.

Was hat der Lemming noch vor einer Viertelstunde vor sich hin geschwafelt, als Pokorny vorgeschlagen hat, die Polizei zu holen? *Wir haben nichts in der Hand. Keine Beweise.* Wäre er nicht so erschüttert, traurig und schockiert, er müsste über seine Dummheit lachen. Eine eingefrorene Leiche und ein todbringendes Waffenarsenal: keine Beweise! Aber bitte, manchmal bedeutet eine Viertelstunde halt den Unterschied zwischen Vernunft und Schwachsinn.

Für die Polizei ist es jetzt jedenfalls zu spät: Schon hört der Lemming die gedämpften Stimmen und die Schritte auf dem Holzboden im Erdgeschoß, und schon dringen die ersten Lichtstrahlen durch die Falltür. In der Hoffnung, mit dem Zwielicht zu verschmelzen, macht er einen Satz hinter die Werkbank und drückt sich in Kauerstellung an die Wand.

Die Scheinwerfer über dem Stahltisch leuchten auf, das *Volk* betritt im Gänsemarsch den Keller. Angeführt von Otto Gingrich fluten an die zwanzig Menschen in den Raum. Gleich hinter Gingrich geht in voller Motorradmontur der schwarze Ritter, und er trägt in seiner Rechten einen rosafarbenen, mit einer Gittertür versehenen Kunststoffkasten. Eindeutig eine Transportbox für Katzen oder kleine Hunde ...

Angestrengt blinzelt der Lemming in das grelle Licht. Er hockt zwar – von den breiten Holzbeinen der Werkbank gut geschützt – im Schatten, wird aber, sobald er durch die Ritzen späht, so stark geblendet, dass er nicht erkennen kann, ob Kuli wirklich in der Box steckt. Eine Armlänge von ihm entfernt steht ein geflochtener Korb unter der Werkbank, halb gefüllt mit fertigen, schon blau verglasten Schweißerbrillen. In Zeitlupe streckt er den linken Arm aus und nimmt vorsichtig eine der Brillen aus dem Korb.

Nicht, dass sie sehr viel nützen würde. Vielmehr filtert sie so gut wie alle Farben aus dem Bild und taucht die Szene in ein kühles monochromes Blau. Als spielte sie sich im Drei-Meter-Becken einer Badeanstalt ab. Die fehlenden Kontraste werden aber von einem gewissen Lichtschutz wettgemacht, sodass die Strahlen der Scheinwerfer nicht mehr so in den Augen brennen.

Otto Gingrich tritt an den Seziertisch, und der schwarze Ritter reicht ihm wortlos die Transportbox. Aber Gingrich öffnet sie noch nicht. Gleich einem Pfarrer, der den Gläubigen vor dem Altar die Hostie präsentiert, hebt er sie hoch über den Kopf. Er inszeniert den großen Augenblick, kostet ihn aus. Der Lemming würde sich nicht wundern, wenn er jetzt auch noch den altbekannten, leicht modifizierten Spruch herunterleierte: *Mops Gottes, du nimmst hinweg die Sünde der Welt ...*

Stattdessen sagt er aber nur: „Es ist so weit." Er stellt die Plastikbox auf den Seziertisch und nimmt ein Skalpell zur Hand. Mit einem raschen Griff hakt er die Gittertür der Box auf, und schon schiebt sich Kulis flache Schnauze schnuppernd durch die Öffnung. Ein Raunen geht durch das *Volk*, das einen Halbkreis hinter Gingrich bildet und der feierlichen Liturgie andächtig folgt.

Ein Griff in Kulis Nacken, und der Mops wird aus der Box gezogen. Kuli strampelt mit den Beinen, aber er gibt keinen Laut von sich.

Der Laut kommt durch die Falltür, kommt von draußen, und es ist ein Laut, wie man ihn sonst nur aus dem Fernsehen oder Kino kennt: ein dumpfer Knall. Kein Knall eines Gewehrs oder Revolvers, sondern das Detonationsgeräusch einer Granate. Und sofort darauf das Donnern einer zweiten.

Auf Pokorny ist Verlass.

Das *Volk* gerät in Aufruhr. Nach der ersten Schrecksekunde drängen alle zu den Waffenkisten hin. Kalaschnikows und Makarows, in der Sowjetunion entwickelte Pistolen, werden verteilt, und wer bereits bewaffnet ist, nimmt vor der Treppe Aufstellung. Das *Volk* zieht in die Schlacht. Allen voran läuft wie der Fähnrich eines mittelalterlichen Heers der schwarze Ritter, statt eines Banners eine Panzerfaust über dem Sturzhelm schwingend.

Nur Otto Gingrich bleibt zurück. Anscheinend überlegt er, die begonnene Operation trotz der abrupten Störung fortzusetzen, aber ohne Publikum scheint ihm nun doch ein wenig der Elan zu fehlen. Als noch ein dritter Knall die Luft erschüttert, schiebt er Kuli wieder in die Plastikbox und folgt den anderen hinauf ins Erdgeschoß.

Zwischen den Weinreben am Nussberg läuft ein Mann mit einem weißen Kopfverband und einer großen blauen Brille im Gesicht in Richtung Westen. Er trägt einen rosa Kunststoffkasten vor der Brust, umklammert ihn mit beiden Händen, schleppt ihn keuchend durch die Zeilen der Weingärten wie eine volle Schatzkiste. Er wendet sich nicht um, läuft immer weiter, quert eine gut fünfzig Meter tiefe Senke und kämpft sich dann wieder auf die nächste Kuppe hoch. Hier steht ein kleines Winzerhaus mit einem schattigen, von Reben überrankten Gastgarten: ein Heuriger mit einem prachtvollen Rundumblick.

Mehr als einen halben Kilometer hat der Lemming zwischen sich und die verfluchte Volksmiliz gebracht. Er kann nicht mehr, nicht ohne eine Pause. Und für eine Pause kann man sich kein besseres Plätzchen suchen als die Buschenschank mit ihren weißen Spritzern, ihrem trockenen Veltliner und ihrem gemischten Satz. Sie ziert den Hügel wie ein kleines Wunder, wie ein Sonnenstrahl in einem düsteren Alptraum. Unter den teils amüsierten, teils erstaunten Blicken der wenigen anderen Heurigenbesucher schleppt der Lemming sich mit letzter Kraft zu einem freien Tisch im östlichen Bereich des Gastgartens, von dem er den entfernten Waldrand ebenso im Blick hat wie die vorgelagerten, durchwegs mit Wein bewachsenen Hänge. Für den Fall, dass Gingrich oder seine Leute die Verfolgung aufnehmen, kann er sie schon von weitem kommen sehen.

Sie scheinen seine Flucht aber noch nicht einmal bemerkt zu haben. Offenbar sind sie noch immer auf der Waldseite des Hauses, um dem Grund für die Detonationen nachzugehen und sich gegen die vermeintliche Attacke zu verteidigen. Wahrscheinlich hat Pokorny die drei Handgranaten möglichst weit und in verschiedene Richtungen geworfen, um den Anschein einer vorrückenden Streitmacht zu erwecken. Und was hat er dann getan? Was tut er jetzt? Verbirgt er sich im Unterholz und wartet auf eine Gelegenheit, um mit dem vierten Sprengsatz größtmöglichen Schaden anzurichten, während sich das Volk hinter den Baumstämmen oder im Haus verschanzt? *Wer weiß, vielleicht hol ich sogar den Keller aus dem Keller ...* Er hat nichts mehr zu verlieren. Pokorny ...

Seltsam, dass dem Lemming jetzt ein anderer in den Sinn kommt: *Elektronik-Zlatko*. Was der rothaarige Riese wohl gerade tun mag? Klammert er sich immer noch an seinen Nussbaum, um ihn vor dem vorgetäuschten Sturmangriff zu schützen? Oder hat Pokorny ihn schon in die Luft gesprengt? Wahrscheinlich nicht. Pokorny ist kein nachtragender Mensch. Pokorny ...

Außerdem, so überlegt der Lemming, wollte sich sein Freund die fassungslose Miene Otto Gingrichs sicher nicht entgehen lassen: die zwei Gefangenen verschwunden und der Wächter in einem bizarren Zustand, den man pantheistische Katharsis nennen könnte. Viele neue Eindrücke für Gingrich und das Volk; wahrscheinlich hat Pokorny sich das Lachen kaum verbeißen können. Ja, er hat sich sicher köstlich amüsiert. Pokorny ...

„Wallisch?"

Dass die schlichte Nennung eines Namens eine so extreme Reaktion nach sich ziehen kann. Der Lemming zuckt nicht einfach nur zusammen, sondern fährt so jäh herum, dass sich die schmale grüne Bank, auf der er sitzt, nach hinten neigt und umkippt. Noch ein Glück, dass er die Plastikbox mit Kuli nicht an seine Seite, sondern vor sich auf den Tisch gestellt hat. Unsanft landet er im Kies, die Beine angewinkelt und die Arme abwehrend erhoben. Über ihm steht ein kompakter, grauhaariger Mann mit einem leichten Silberblick und einer Miene, die sich nicht entscheiden kann, ob sie zum Missmut oder doch eher zur Ironie tendiert. In seinen Händen trägt er zwei köstlich beschlagene und bis zum Rand gefüllte Gläser: weißer Spritzer, wie der Lemming nach der ersten Schrecksekunde feststellt. Sprachlos vor Erstaunen schüttelt er den bandagierten Kopf und lässt die Arme sinken.

Über ihm steht Polivka.

„Gehörst du etwa auch zu denen?"

„Wie? Zu wem? Was meinst du?", fragt der Lemming.

Polivka dreht sich zur Seite und spuckt aus. „Zu diesen *lunettes bleues*, zu diesen Blaubrillen."

„Scheiße, nein! Im Gegenteil!" Mit einer hastigen Bewegung reißt der Lemming sich die Schweißerbrille vom Gesicht. „Wie kommst du überhaupt darauf, ich meine, woher weißt du überhaupt ...?"

Bevor er antwortet, schiebt Polivka ihm eines der Weingläser über den Tisch. „Dann bin ich ja beruhigt, dann darfst du auch meinen Reservespritzer haben. Du schaust jedenfalls so aus, als ob du ihn gerade brauchen könntest." Er prostet dem Lemming zu und trinkt mit sichtlichem Genuss. „In Frankreich", sagt er dann, „ist das seit gestern Thema in den Zeitungen. Am Montag haben gut hundert blau bebrillte Irre die Pariser Straßen unsicher gemacht. *Mettez le feu, lunettes bleues*! Legt Feuer, ihr Blaubrillen! Da hat sie noch niemand wirklich ernst genommen. Aber gestern haben dann einige begonnen, Verkehrsampeln zu demolieren. Mit Steinen hauptsächlich, aber auch mit Gewehren und Pistolen."

Nichts ist, wie es scheint, und alles ist vielleicht ganz anders. Dass es sich beim *Volk* nicht nur um ein – in jeder Hinsicht – sehr beschränktes Wiener Grüppchen, sondern um eine europaweite Untergrundbewegung handeln könnte, hätte sich der Lemming nicht im Traum gedacht.

„Angeblich geistert die Behauptung, dass wir durch das Licht der Ampeln ferngesteuert werden, schon seit längerem in den Kloaken der sozialen Medien herum, und zwar europaweit", nimmt Polivka ihm gleichsam die Gedanken aus dem Kopf. „Und ebenso angeblich sind die blau bebrillten Bürgerwehren, die sich seitdem gebildet haben, von außen kräftig unterstützt und aufgerüstet worden: Geld und Waffen, oder soll ich besser sagen, Rubel und Kalaschnikows?" Polivka wirft dem Lemming einen vielsagenden Blick zu. "Vorgestern ist dann im Internet zur Rebellion geblasen worden, und in ein paar Städten hat es Aufmärsche und kleine Aufstände gegeben. Aber hier in Wien ist meines Wissens nichts dergleichen vorgefallen. Wie kommst du also bitte schön dazu, dir diese Idiotenbrillen aufzusetzen, Wallisch?"

„Wenn du wüsstest …"

Fünf Minuten später hat der Lemming Polivka halbwegs ins Bild gesetzt. Natürlich ist seine Zusammenfassung grob und flatterhaft geworden, aber Polivka scheint sie weitgehend zu verstehen. Er sitzt und schweigt und nickt, und erst, als sich ein Kellner nähert, unterbricht er, um zwei weitere weiße Spritzer zu bestellen.

„So bin ich also hier gelandet", schließt der Lemming. „Aber wie um alles in der Welt kommst du hierher? Das kann doch unmöglich ein Zufall sein."

„Du hast mir doch am Vormittag geschrieben, von den Zores, die du hast, und von der frischen Bergluft auf dem Nussberg. Also hab ich mir gedacht, ich schau bei dir vorbei. Der Nussberg ist ja nicht gerade der Mount Everest, auch wenn es hier mehr Buschenschanken gibt. Ein Umstand, der die Suche übrigens noch weiter eingegrenzt hat, weil: Wo stehen die Chancen, dich zu finden, besser als beim Heurigen?"

Der Lemming lächelt, und es ist das erste aufrichtige Lächeln dieses Tages. Aber dann fällt ihm der Anlass für Polivkas Frankreich-Reise ein, und er wird wieder ernst. „Wie ist es dir in Amiens ergangen?", fragt er. „Warum bist du schon zurück?"

Ein Schatten fällt auf Polivkas Gesicht. Kein Schatten der willkommenen Art, kein Sonnensegelschatten in der Mittagshitze eines Julitags, sondern ein düsterer Novemberschatten. Polivka setzt zwar zu einer Antwort an, verharrt dann aber mit erhobenen Händen, ringt um Worte und stößt doch nur ein verzagtes Seufzen aus. „Lass uns ein anderes Thema finden", murmelt er. „Die Kiste da zum Beispiel." Er zeigt auf die rosafarbene Box. „Ist das dein Mops?"

„Mein Gott, der Kuli! Den hab ich total vergessen!" Rasch beugt sich der Lemming vor und öffnet den Verschluss des Kastens. Aber diesmal schiebt sich keine flache Schnauze durch die Öffnung. Nur ein leises, an- und abschwellendes Schnarchen ist zu hören. Eingerollt liegt Kuli in der Box und schläft. Der Lemming streicht ihm sanft über den Kopf, das tiefe rhythmische Geräusch verstummt. Der Mops zieht eine Augenbraue hoch, mustert den Lemming schläfrig, springt dann aber unvermittelt auf, schnellt vor und leckt ihm hechelnd über das Gesicht. Sein heller Körper zappelt wie ein Fisch am Haken: Offensichtlich ist sein Ringelschwanz zu kurz, um das gesamte Ausmaß seiner Freude in die Luft zu wedeln. Und so wedelt halt der ganze Hund.

Der Lemming wedelt innerlich.

„Ein hübscher kleiner Kerl", meldet Polivka sich jetzt wieder zu Wort. „Und warum heißt er Kuli?"

Noch bevor der Lemming etwas sagen kann, hält Kuli inne. Er steht still, mit hoch erhobenem Kopf, und schnuppert in Polivkas Richtung. Anfangs scheint es nur ein Test zu sein – die altbewährte hündische Entscheidung zwischen grundsätzlicher Abneigung und grundsätzlicher Sympathie –, doch dann tut Kuli etwas, das der Lemming noch bei keinem Hund erlebt hat. Er setzt sich gemächlich in Bewegung, geht über den Tisch zu Polivka und stellt sich vor ihn an die Tischkante. Nur eine Handbreit trennt die beiden voneinander, fast berühren sich ihre Nasen, und es sieht für einen Augenblick so aus, als würden sie ihr jeweiliges Spiegelbild betrachten. Aber nicht nur ein aus Licht geschaffenes Abbild ihrer jeweiligen äußeren Erscheinung, sondern eine Spiegelung ihres unsichtbaren Wesens, ihrer Seelen.

Es ist ein magischer Moment.

Der Mops beendet ihn mit einer weiteren überraschenden Aktion: Er senkt den Kopf, macht mit den Hinterpfoten einen Schritt nach vorn und stößt sich ab. Es wird ein eher ungelenker Sprung, aber die Haltungsnote ist in diesem Fall belanglos. Punktgenau landet er auf Polivkas Schoß, wo er sich einrollt, um sein unterbrochenes Schläfchen fortzusetzen. Wie ein Vogel, der sein Nest gefunden hat.

Der gute Polivka kann es kaum fassen. Auch wenn er versucht, den Abgeklärten zu markieren, strafen ihn seine leuchtend roten Wangen Lügen. Sanft legt er die rechte Hand auf Kulis Rücken.

„Ist der immer so? Ich mein, so zutraulich?"

Der Lemming schüttelt stumm den Kopf und lächelt. Möglich, dass er einen Hauch von Eifersucht verspürt, aber die Rührung überwiegt. Besonders deshalb, weil er Polivka das Glücksgefühl von Herzen gönnt. Denn es steht außer Frage, dass sein Freund und Partner etwas Zuneigung gerade sehr gut brauchen kann.

„Warum heißt er denn Kuli?", fragt Polivka noch einmal. „Ist das ein Spitzname?"

„So ist es", sagt der Lemming. „Eigentlich heißt er ja Herkules."

Mit einem Schlag verändert sich Polivkas Miene. Auf seinem Gesicht herrscht jetzt Aprilwetter. Ein Wetter, das sich nicht entscheiden kann. Das zwischen Unglaube und Rührung, Zorn und Überschwang changiert.

„Ist das dein Ernst?" Die Frage klingt verhalten und ein bisschen wackelig, sie balanciert auf einer leisen Drohung wie ein Seiltänzer auf seiner Trosse.

„Ja, wieso?"

„Weil ... Ach, vergiss es."

Jetzt ist es der Lemming, dem mit einem Mal die rote Farbe in die Wangen steigt. Weil ihm das sprichwörtliche Licht aufgeht. Ein Licht, das er seit jeher anzuzünden trachtet. Vor drei Jahren ist es ihm fast gelungen, da hat Polivka sich dazu durchgerungen, ihm das Du-Wort anzubieten. Aber seinen Vornamen hat er partout nicht preisgegeben, ja, er hat ihn nicht einmal verraten, als es

darum ging, das Firmenschild von *Polpo* zu beschriften. Also hat der Lemming ihn auch weiterhin nur Polivka genannt, und auf dem Schaufenster der Detektei in der Sobieskigasse ist er ebenfalls nur als *H. Polivka* vermerkt.
H. Polivka.

Natürlich böte sich dem Lemming jetzt die reizvolle Gelegenheit für einen provokanten Kommentar, aber er spart sich seine Munition für bessere Zeiten auf. Stattdessen sagt er: „Mops bleibt Mops. Du kannst ja Kuli zu ihm sagen."

Polivka scheint antworten zu wollen, doch dazu kommt es nicht mehr.

Denn am Waldrand fährt ein greller Blitz zum Himmel, und ein ungeheurer Donnerschlag zerreißt die Luft.

Der Nussberg explodiert.

10.

Es ist ein Schauspiel wie vom Gott Hephaistos inszeniert. Als hätten sich die Wiener Stadtväter schon wieder etwas Neues einfallen lassen, um Touristen anzulocken. Lipizzaner, Stephansdom und Riesenrad sind Schnee von gestern; jetzt verfügt die Stadt über einen aktiven, feuerspeienden Vulkan!

Die Erde bebt. Es knattert, dröhnt und donnert. Immer neue Explosionen schleudern glühende Fontänen in den Himmel. Weithin sind die Druckwellen zu spüren; es fühlt sich an, als würde einem jemand Watte in die Ohren stopfen. Auf die Weingärten prasselt ein schwarzer Hagel aus verkohlten Trümmern nieder: Holz-, Metall- und Plastikteile, eingehüllt in Myriaden kleiner Glassplitter, die wie ein Sprühnebel im Licht der frühen Abendsonne glitzern. Ein Motorradreifen prallt zwischen den Rebzeilen auf und schnellt gleich wieder in die Höhe.

Kuli steht mit aufgerissenen Augen auf Polivkas Schoß und zittert. Der schockierte Polivka hält ihn mit beiden Händen fest – wobei er sich wohl eher an ihm festhält. Alle anderen Heurigengäste sind wie auf ein Zeichen aufgesprungen und starren blass und sprachlos Richtung Osten, wo sich die Frequenz der Feuerstöße nach und nach verringert. Eine dicke Rauchsäule schraubt sich jetzt in die Luft, sie quillt – scheinbar in Zeitlupe – aus einem Krater, über dem vor fünf Minuten noch ein hübsches einstöckiges Haus gestanden ist.

„Pokorny", sagt der Lemming tonlos.

Ja, Pokorny. Er hat wahr gemacht, was er vorhin im Keller mit seinem verträumten Lächeln angedeutet hat. Er hat sich mit der vierten Handgranate in die Luft gesprengt, der Todgeweihte, und das Munitionsdepot der Gingrichs mit dazu. Die ersten drei Granaten, um die Meute aus dem Haus zu locken, und die letzte, um sich unerkannt zum Haupteingang zurückzuschleichen, durch die Falltür in den Kellerraum zu steigen und die ganze Sache zu beenden. Mit einem soliden Feuerwerk.

Pokornys Worte hallen im Kopf des Lemming nach: *Ich hab heut einen Haupttreffer gemacht. Noch einmal etwas Sinnvolles zu tun, ein Abenteuer zu erleben, statt in meinem blöden Wächterhaus zu sitzen oder in einem Spitalsbett vor mich hinzudämmern. Wie viel Leute haben so ein Glück?*

Wenn es ein Glück ist, seinen moribunden Körper in pulverisierter Form über die Weinreben des Nussbergs zu verteilen, dann hat Pokorny dieses Glück gefunden. Aber mit dem Tod verhält es sich eben nicht anders als mit intensivem Lärm oder Gestank: Zu leiden hat nicht der Verursacher, sondern der Nachbar, und zu trauern haben nicht die Toten, sondern ihre Hinterbliebenen.

Zu trauern hat der Lemming.

Mittlerweile haben die übrigen Heurigenbesucher wieder zur Normalität zurückgefunden: Sie stehen an der Brüstung, die den Gastgarten begrenzt, und halten ihre Handys hoch, um das Geschehen für die Nachwelt festzuhalten. Irgendjemand dürfte sogar einen Notruf abgesetzt haben. Vom Süden her sind die hysterischen Sirenen der apokalyptischen Dreieinigkeit zu hören: Rettung, Feuerwehr und Polizei.

Vielleicht, so denkt der Lemming, hätte ich Pokorny retten können, wenn ich gleich nach meiner Flucht die Polizei gerufen hätte, statt hier Wein zu trinken und mit Polivka zu plaudern. Aber erstens wäre kein noch so rasanter Einsatzwagen rechtzeitig am Nussberg eingetroffen, zweitens muss der Mensch Prioritäten setzen. Nein, in diesem Fall betrifft das nicht den Alkohol, sondern die letzte Bitte seines Freundes: *Poldi, du musst mir jetzt was versprechen. Dass du mir nicht in die Quere kommst. Dass du mich machen lässt. Und dass du, wenn du mich schon nicht verstehst, es wenigstens versuchst.*

Der Lemming muss es gar nicht erst versuchen. Auch wenn es ihm schwerfällt: Er versteht.

Polivka findet jetzt zwar seine Stimme wieder, aber sie klingt schwach und zittrig. „Glaubst du, dass da drüben jemand überlebt hat?"

„Ja", murmelt der Lemming. „Alle außer ..."

„Deinem Freund."

Der Lemming nickt. „Weißt du, der Pepi ist ... Der Pepi war kein Mörder. Ich bin sicher, dass er diese Irren weit den Berg hinunter in den Wald gelockt und dann erst zugeschlagen hat."

„Das heißt, die krabbeln dort noch irgendwo herum. Bewaffnet."

„Ja. Und was noch schlimmer ist ..." Der Lemming unterbricht sich selbst und sieht Polivka an.

„Was ist noch schlimmer, Wallisch?"

„Bist du mit dem Auto da?"

„Ja, aber was ..."

„Wir müssen los. Sofort." Während er aufspringt, reißt der Lemming sich den – ohnehin schon ziemlich schmutzigen – Verband vom Kopf.

„Was heißt, wir müssen fort? Wohin?"

„In die Rossau, zum Schlickplatz."

Wie aus einem Märchen in die Wirklichkeit gepflanzt steht die Rossauer Kaserne da. Ein riesiger, rot-weißer Ziegelbau, dessen martialischer Charakter sich mit einer aberwitzigen architektonischen Verspieltheit paart. Pilaster, Friese und Agraffen lockern die Fassaden auf, selbst die mit Zinnen dekorierten Türme wirken wie von einem Zuckerbäcker modelliert.

Nach dem Revolutionsjahr 1848 am Donaukanal errichtet, sollte die Kaserne dazu dienen, das Stadtzentrum Wiens vor weiteren Aufständen zu schützen. In den Jahren nach 1945 zogen mehrere Dienststellen der Polizei hier ein, und als Mitte der Achtzigerjahre die Idee aufkam, den nur noch teilweise genutzten Bau in ein Kunst- und Kulturhaus zu verwandeln, wurde er – so schnell konnte man gar nicht schauen – wieder von der Armee besetzt.

Das Heer teilt sich die Räume also heute mit der Polizei, und es ist sehr zu hoffen, dass sich die zwei wehrhaften WG-Bewohner weder in die Haare kriegen noch zu eng verbrüdern.

Der zweihundertsiebzig Meter lange Südflügel des kaiserlichen Bauwerks liegt an der verkehrsreichen Maria-

Theresien-Straße, die sich – parallel zur Ringstraße – bis zum Donaukanal zieht. Auf der anderen Straßenseite reihen sich gründerzeitliche Wohnhäuser aneinander; wie Rekruten vor dem Feldmarschall stehen sie vor der Kaserne im Spalier.

„Dort oben", sagt der Lemming und zeigt auf den zweiten Stock der Zuckerbäckerburg. „Dort ist die Verkehrsleitzentrale."

„Hübsche Holzfenster", brummt Polivka. „Da können unsere Kieberer die Zufahrten und Eingänge mit Wächtern, Drehkreuzen und Schranken noch so absichern, es bleibt eine Bastion voller Achillesfersen: Durch die alten Doppelfenster kannst du quasi durchspucken."

„So ähnlich hat es der Pokorny auch gesagt. *Wollen die hinüberspucken?*, hat er mich gefragt. Nur dass wir da das Waffenarsenal noch nicht gefunden hatten."

„Das er ja inzwischen in die Luft gejagt hat."

„Aber eben nicht das ganze. Wie gesagt: Bevor die Blaubrillen aus dem Haus gestürmt sind, haben sie sich noch rasch bewaffnet. Der verfluchte schwarze Biker hat sich sogar eine Panzerfaust geschnappt."

„Das heißt ..."

„Das heißt, die Sache ist noch lang nicht ausgestanden. Auch wenn sie es nicht geschafft haben, dem Kuli diesen angeblichen Speicherchip herauszuschneiden. Der hätte ja ohnehin nur als Rechtfertigung für ihre eigentlichen Pläne dienen sollen, als Ausrede, die sie dann in den Medien präsentieren wollten."

„Ein vermeintliches Beweisstück für die Manipulation der Ampeln", nickt Polivka. „Legitimation des Terrors.

Übrigens ein schöner Buchtitel; der könnte von einem gewissen Russen stammen."

„Oder von einem gewissen Deutschen."

„Ja, mir fällt auch gleich ein Typ aus Nordkorea ein. Und ein Franzose."

„Ein Franzose?"

„Robespierre. Der Erste, der den Terror als erforderliches und gerechtes Machtmittel bezeichnet hat, um die Nation von Volksfeinden zu säubern."

„Eigentlich fällt mir kein Land der Welt ein, das mir im Zusammenhang mit diesem Thema nicht einfällt", bemerkt der Lemming. „Höchstens die Antarktis."

„Und das Erdbeerland", ergänzt Polivka grimmig. „Also sag, wo ist jetzt diese Ferienwohnung, die die Blaubrillen gemietet haben?"

„Da drüben. Direkt gegenüber. Maria-Theresien-Straße 20."

„Die perfekte Lage. Für Touristen *und* für Terroristen."

„Aber nicht für *Polizisten*", sagt der Lemming. Er lässt seinen Blick über den menschenleeren Gehsteig schweifen. „Keiner ist gekommen. Nicht ein einziger."

„Hast du im Ernst erwartet, dass die gleich die Cobra schicken?" Polivka verzieht die Mundwinkel zu einem abfälligen Grinsen. „Höchstens einen Streifenwagen. Oder überhaupt nur den Portier von der Kaserne. Und der ist wohl gleich wieder in seinen Glaskobel zurückgeschlurft, wie er gesehen hat, dass hier alles ruhig ist."

Während der rasanten Fahrt vom Nussberg zur Kaserne (Polivka hat einen flinken Citroën und einen trägen Fuß) ist ihnen eine Prozession von Einsatzfahrzeugen begegnet, eine flackernde und dudelnde Kolonne roter Feuerwehren, weißer Rettungen und silberner, rot-blau gestreifter Polizeiwagen. Da hat der Lemming sich dann endlich dazu aufgerafft, den Polizeinotruf zu wählen. Zu diesem Zeitpunkt war der Anruf ja auch sinnvoll und begründbar. Dass sich der diensthabende Beamte in der Telefonzentrale nicht gerade vor Entzücken überschlagen hat, war aber auch verständlich.

„Wenn Sie wegen dem Radau am Nussberg anrufen", hat er geseufzt, „dann legen S' bitte wieder auf. Die Leitungen sind überlastet, und meine Kollegen sind schon auf dem Weg."

„Ich ruf aber nicht wegen dem Nussberg an, zumindest nicht in erster Linie. Hören Sie, es wird heut noch einen Anschlag geben, wahrscheinlich schon in der nächsten halben Stunde!"

„Einen Anschlag." Nur zwei Worte, ohne Fragezeichen. Wie ein Kellner, der eine Bestellung wiederholt. Ein Gulasch und ein Seidel. Emotionslos. Einen Anschlag.

„Ja! Auf die Rossauer Kaserne! Es gibt eine Wohnung in der Maria-Theresien-Straße zwanzig, von der ein paar Irre zur Verkehrsleitstelle rüber schießen wollen!"

Stille in der Leitung. Der Beamte schien seine Optionen abzuwägen.

„Kennen Sie die Strafe für den vorsätzlichen Falschalarm von Einsatzkräften?"

„Absolut. Bis zu sechs Monaten Gefängnis und ..."

„Das heißt, Sie haben in dieser Hinsicht schon Erfahrung?"

„Nein, aber ..."

„Okay. Ich sag Ihnen, was ich jetzt mache. Unsere Leute sind fast alle unterwegs zum Nussberg, aber ich werd schon wen finden und vorbeischicken. Und wenn sich dann herausstellt, dass es hier um eine blöde Wette geht oder um zu viel Schnaps oder dass Sie ein ganz besonders kreativer Witzbold sind, dann gnade Ihnen Gott. Wir finden Sie. Ich hab ja Ihre Nummer."

Wieder Stille in der Leitung, aber diesmal endgültig. Der Polizist hat aufgelegt.

„So eine Scheiße", konstatiert der Lemming. „Und was tun wir jetzt?"

„Ich weiß nicht, Wallisch. Haus oder Kaserne?"

„Was sollen wir im Haus? Wir wissen nicht einmal das Stockwerk."

„Uns im Stiegenhaus verschanzen und dort auf die Blaubrillen warten."

„Wir sind unbewaffnet, Polivka. Willst du dich niedermetzeln lassen?"

„Und was sollen wir dann in der Kaserne?"

„Was weiß ich? Die Leute warnen. Uns bewaffnen."

„Uns bewaffnen? Was für ein brillanter Plan. Die haben sicher schon den roten Teppich ausgerollt und uns die Waffenkammer aufgesperrt. *Was darf's denn sein, die Herren? Wir hätten heute Sturmgewehre und Granatpistolen im Angebot.* Die lassen uns ja nicht einmal hinein in ihre Scheißkaserne!"

„Hast du deine alte Dienstmarke nicht mehr?"

Polivka stößt die Luft aus. „Im Büro. Ich trag das Blechding nicht die ganze Zeit mit mir herum, ich bin ja noch im Urlaub, falls es dir nicht aufgefallen ist."

Während die zwei Männer diskutieren, trifft Kuli die Entscheidung. Eben noch ist er zwischen dem Lemming und Polivka auf dem Trottoir gestanden und dem Wortgefecht mit hochgerecktem Kopf gefolgt wie einem Tennismatch, doch jetzt setzt er sich in Bewegung. Er hüpft von der Gehsteigkante und trabt quer über die Fahrbahn auf den Eingang der Kaserne zu.

„Vorsicht, Mops!" Kulis Name – und sei es auch nur sein Spitzname – scheint Polivka nicht über die Lippen gehen zu wollen. „Bleib stehen, Mops!"

Seine Rufe nützen nichts. Vermutlich würde auch eine korrekte Anrede des Hundes keine Wirkung zeigen. Kuli tänzelt zwischen zwei vorbeifahrenden Autos über den Asphalt und nähert sich dem breiten Vorbau mit den drei sandweißen Torbögen.

„Dann also die Kaserne", knurrt Polivka resigniert und läuft, gefolgt vom Lemming, hinter Kuli her.

11.

Kuli hat sich mitten in der Einfahrt vor der gläsernen Portiersloge aufgebaut und starrt den dicken jungen Polizisten an, der dort hinter der Scheibe sitzt. Man könnte glauben, er versucht den blau gewandeten Kasernenzerberus in Trance zu versetzen, ihn mit seinen großen Kulleraugen zu hypnotisieren. Ein Vorhaben, dem aber leider kein Erfolg beschieden ist.

„Geh weg da!" Blechern hallt die Stimme des Uniformierten durch die Einfahrt: In der Glasscheibe der Loge ist ein Lautsprecher montiert. „Es gibt da nichts für dich! Kein Wursti, gar nichts!"

Als Polivka und der Lemming durch das Tor treten, nimmt der Beamte Haltung an, soweit ihm das im Sitzen möglich ist. Man kann ja nie wissen, mit wem man es zu tun hat. Zwei vermeintliche Touristen könnten sich womöglich als Sektionschefs oder Ministerialräte entpuppen – wenn nicht gar als Abgeordnete oder Minister. Selbst der Bundeskanzler ließe sich nur schwerlich auf den ersten Blick erkennen: Seit dem letzten Jahr ist der Verschleiß an österreichischen Regierungsmitgliedern zu hoch, als dass man sich die ständig wechselnden Gesichter merken könnte.

„Ist das Ihrer?", fragt der Wächter in bemüht neutralem Tonfall.

„Ja", antwortet Polivka.

„Kein guter Platz zum Sitzen. Wir haben heute ziemlichen Betrieb, da muss die Einfahrt frei bleiben."

„Ein Großeinsatz, ich weiß. Deshalb sind wir ja da. Inspektor Polivka mein Name. Chefinspektor Polivka. Und das da ist mein Assistent, Bezirksinspektor Wallisch." Polivka nickt dem Uniformierten zu und tritt – an den mannshohen Drehkreuzen vorbei – zum schweren Schranken, der die Fahrbahn absperrt. „Fuß!", blafft er, und es ist unsicher, ob er damit den Mops oder den Lemming meint.

„Moment, Herr Chefinspektor, bitte!" Sehr geschickt vereint der Polizist Autorität und Unterwürfigkeit. „Ich müsste bitte wenigstens den Ausweis sehen, Herr Chefinspektor. Nichts für ungut."

Polivka bleibt stehen. Die Röte steigt ihm ins Gesicht, und mag es auch die Schamesröte des auf frischer Tat Ertappten sein, gelingt es ihm, sie wie die Zornesröte eines aufgebrachten Anklägers aussehen zu lassen.

„Sagen Sie einmal, was unterstehen Sie sich? Wir haben hier einen absoluten Notfall, eine Terrordrohung, und Sie kommen mir mit Ausweisen! Wollen Sie das Land zu Tode bürokratisieren?"

„Das weiß ich ja noch gar nicht ... Terrordrohung?"

„Allerdings! Uniformiert, aber uninformiert! Ich will jetzt Ihren Vorgesetzten sprechen! Auf der Stelle!"

„Wallisch?", tönt da plötzlich eine durchdringende Stimme aus dem Innenhof. Ein glatzköpfiger, hochgewachsener und schlanker Mann in Uniform biegt federnd in die Einfahrt, und erst, als er an den Schranken tritt, erweist sich, dass er weitaus älter ist, als seine Körperhaltung und sein Gang vermuten lassen. Weiße Augenbrauen wuchern unter seiner hohen Stirn, und seine faltenreiche, braun gesprenkelte Reptilienhaut lässt darauf schließen, dass er seinen sechzigsten Geburtstag längst gefeiert hat. „Du bist es wirklich! Wallisch! Das muss ja gut fünfundzwanzig Jahre her sein!"

„Vierundzwanzig", sagt der Lemming. „Servus, Klinger."

Nicht, dass er Bezirksinspektor Alois Klinger damals, als er selbst noch bei der Polizei war, sehr ins Herz geschlossen hätte. Klinger war ein ausgezeichneter Ermittler, das ist unbestritten, aber seiner Haltung gegenüber den Kollegen haftete ein süßer, klebriger Geruch an. Ein opportunistischer Geruch. Er suchte stets die Freundschaft derer, die sich auf der Karriereleiter über ihm befanden, und wenn er mit Gleichrangigen Umgang pflegte, waren es immer jene, die schon nach der nächsten Sprosse griffen: Alpha-Männchen, denen Klinger schmeichelte, indem er über ihre derben Witze lachte. Dafür, dass ihm diese Witze tatsächlich gefielen, war Klinger zu intelligent, aber er lachte trotzdem, auch wenn es beleidigende Späße waren, die sich gegen die sanfteren unter den Kollegen richteten. Gegen den Lemming, vorzugsweise.

„Mit Verlaub, Herr Oberst, diese beiden Herren haben versucht, sich Eintritt zu verschaffen. Sie sprechen von einer Terrordrohung!" Der Portier ist aufgestanden, salutierend steht er hinter seiner Glasscheibe wie eine Malerei.

Herr Oberst also. Klinger hat es tatsächlich geschafft, sich hochzulachen. Aber selbst für einen Obersten gibt es ja noch ein bisschen Luft nach oben.

„Was bedeutet das? Was soll das heißen, Wallisch?"

„Dass die Explosion am Nussberg nur ein Vorspiel war. Es soll noch heute, und zwar schon sehr bald, ein Attentat auf die Kaserne geben!"

„Die Kaserne? Unsere Kaserne?" Klinger schmunzelt ungläubig. „Was bringt dich zu der Annahme?"

„Mein Job. Ich bin inzwischen Detektiv geworden. Das ist übrigens mein Assistent." Der Lemming zeigt auf Polivka.

„Herr Oberst, mit Verlaub, die beiden Herren haben mir gerade etwas anderes erzählt!", ertönt die Blechstimme des Wächters aus dem Lautsprecher. „Sie haben gesagt, sie seien Polizeibeamte."

„Waren sie auch", brummt Klinger. „Jedenfalls der eine."

„Ich bin Chefinspektor Polivka", wirft Polivka sich ungehalten in die Brust.

„Egal", antwortet Klinger, ohne ihn auch nur mit einem Blick zu streifen. „Also, Wallisch, sag: Wer will denn dieses angebliche Attentat begehen? Die Hisbollah? Die Hamas? Die Neonazis?"

„Nein ..." Der Lemming überlegt. Jetzt mit dem nachweisbaren Teil der Wahrheit aufzuwarten, wäre kontraproduktiv. Ein paar verschrobene Verschwörungstheoretiker mit blauen Schweißerbrillen sind sicher nicht dazu geeignet, Klinger einen großen Schrecken einzujagen. Völlig anders sieht es mit dem unbewiesenen Teil der Wahrheit aus, mit den Indizien und den ungeheuren Schlüssen, die sich daraus ziehen lassen. Vielleicht ist es letztlich eine Falschinformation, ein Fetzen Stoff, aus dem die kollektiven Albträume der letzten Wochen sind, aber als rotes Tuch für einen Polizeioberst genügt es allemal.

„Die Russen", sagt der Lemming.

Klinger starrt ihn an. „Die *Russen*?"

„Die Russen finanzieren den Anschlag. Sie sind es auch, die die Waffen liefern."

Mehr kann er nicht tun, der Lemming; einen saftigeren Köder hat er nicht im Angebot. Und Klinger scheint nun wirklich Witterung aufzunehmen. Zögernd anfangs noch, und schwankend. Er legt seine ohnehin schon so zerfurchte Stirn in Falten und betrachtet den Asphalt, als könne er dort eine Lösung finden. Der Herr Oberst wägt seine Optionen ab.

Und Kuli ist es, der zum Zünglein an seiner Gedankenwaage wird. Der Mops tänzelt in Klingers Blickfeld und beginnt, mit ihm zu spielen, *auf* ihm zu spielen wie auf einer Orgel. Er zieht alle ihm verfügbaren Register, ja, er greift so tief in seine Trickkiste, dass Klinger schon aus Holz sein müsste, wollte er sich Kulis Charme entziehen. Er stellt sich vor den Oberst, schaut mit großen Augen zu ihm hoch und wedelt mit dem Ringelschwanz. Er legt den Kopf zur Seite, klappt die Ohren zurück und hebt die Lefzen an. Er setzt tatsächlich eine Miene auf, die wie ein treuherziges, warmes Lächeln wirkt.

„Der ist ja lieb", sagt Klinger.

Kuli spreizt mit einem Ruck die Vorderbeine ab und lüpft das Hinterteil. Dann hüpft er hoch wie eine Feder und beginnt, sich wie ein Kreisel um sich selbst zu drehen.

„Entzückend. Wirklich süß", sagt Klinger.

Jetzt beruhigt sich Kuli. Er trippelt in demütiger Pose auf den Oberst zu, um sanft den Kopf an dessen Hosenbein zu reiben. Das hat er sich offenbar einmal von einer Katze abgeschaut.

„Na gut", sagt Klinger. „Rein mit euch. Den Russen werden wir es zeigen."

Wer sich die Verkehrsleitzentrale wie ein Mission Control Center der NASA vorstellt, irrt. Im Grunde ist sie nicht viel größer als die durchschnittliche Wiener Single-Wohnung, mit dem Unterschied, dass sie von zwei uniformierten Herren bewohnt wird, die – und das erinnert wieder an den durchschnittlichen Wiener Single – am Computer sitzen. Leicht haben sie es nicht, besonders an den Wochenenden. An den Freitagen und Samstagen wird gegen dieses oder jenes demonstriert und an den Sonntagen für dieses oder jenes durch die Stadt gelaufen. Immer ist was, nie ist nichts. Und das bedeutet: abgesperrte Straßenzüge, umgeleitete Verkehrsströme und drohende Verstopfungen. Sowohl in den Verkehrsadern als auch bei den Beamten. Konzentriert sitzen sie vor den Bildschirmen, und hin und wieder wandern ihre Blicke zu der großen Videowand, die an der Stirnseite des Zimmers zwischen zwei mit Vorhängen verdeckten Doppelfenstern hängt. Von Live-Bildern verschiedener Straßen und Kreuzungen flankiert, ist hier ein großer Plan der Wienerstadt zu sehen. Auch in der linken Wand gibt es ein Fenster, dessen Flügel offen stehen. Es zeigt nicht wie die beiden anderen zum Schlickplatz, sondern zur Maria-Theresien-Straße hin.

Als Klinger in den Raum tritt, drehen die beiden Polizisten ihre Köpfe, um ihm zuzunicken. Seinen drei Begleitern schenken sie nur beiläufig Beachtung, ehe sie sich wieder auf die Monitore konzentrieren.

„Lassen Sie sich nicht bei Ihrer Arbeit stören", sagt Klinger, „wir müssen nur etwas überprüfen." Und zum Lemming meint er leise: „Gib mir zehn Minuten. Ich muss schauen, ob überhaupt noch Einsatzkräfte zur Verfügung stehen. Von meinen Leuten sind so gut wie alle ausgerückt."

„Welche Abteilung denn?"

„Entschärfung und Entminung. Ich war auch gerade auf dem Weg zum Nussberg." Klinger beugt sich vor. Ganz nah am Ohr des Lemming flüstert er: „An deiner Stelle, Wallisch, tät ich beten, dass der Russe wirklich kommt." Mit diesen Worten stapft er aus dem Zimmer.

Still ist es. Nur das verhaltene Rauschen der Computer ist zu hören. Dann aber dringen leise, helle Töne durch die Fenster: der Gesang der Amseln, die das Einbrechen der Abenddämmerung kommentieren.

Kurz entschlossen drückt der Lemming sich am langen Arbeitstisch vorbei und steuert auf das linke Fenster zu. Im Rücken spürt er zwar die argwöhnischen Blicke der zwei Polizisten, doch er fragt nicht um Erlaubnis. Immerhin sind Polivka und er ja unter dem Geleitschutz des Herrn Oberst hier hereingekommen, und ihre Zivilkleidung deutet auf höchste Ämter in der Hierarchie der Staatsgewalt hin. Ämter, in denen man grundsätzlich nicht um Erlaubnis bitten muss.

Die beiden Männer an den Monitoren erheben keine Einwände, und auf dem roten Teppich ihres Schweigens schreitet nun auch Polivka – mit Kuli auf dem Arm – zum Fenster. Auf der anderen Straßenseite steht das graue fünfstöckige Haus, in dem die Blaubrillen ihre Ferienwohnung angemietet haben. Noch herrscht hinter allen Scheiben Dunkelheit, aber viel rascher als erwartet senkt sich jetzt die Dämmerung über die Stadt, und mit den Straßenlampen flammen auch die ersten Lichter in den Fenstern auf. Ein Windstoß lässt die Ahornbäume zittern, die in Reih und Glied vor der Kaserne stehen, ein fernes Donnergrollen ertönt. Kein Wunder nach einem so schwülen Tag.

„Jetzt gib dir den", sagt einer der zwei Polizisten zu seinem Kollegen. „Fährt mit Vollvisierhelm auf einem Elektroscooter." Grinsend deutet er auf einen Bildschirm. „Sicherheit in allen Lebenslagen."

„Ja, aber was hat der auf dem Rücken?", fragt der andere. „Einen Staubsauger?"

Der Lemming fährt mit einem Ruck herum. „Wie war das? Staubsauger? Zeigen Sie her!"

Ein Knopfdruck, und das Bild der Überwachungskamera wird auf die große Videowand geworfen. Es zeigt eine fünfspurige Kreuzung, die mit einem Schnittmuster aus Leit- und Haltelinien, Pfeilen und Zebrastreifen überzogen ist. Am linken Bildrand nähert sich ein Rollerfahrer rasch der Kamera. Er trägt einen Sturzhelm und die schwarze Lederkluft eines gestandenen Bikers. Über seiner rechten Schulter ragt ein dickes Rohr hoch, das man wirklich mit der Düse eines alten Staubsaugermodells verwechseln könnte. Wenn man es nicht besser wüsste.

„Welche Kreuzung ist das?"

„Die gleich um die Ecke. Vorn bei der Rossauer Brücke."

„Es geht los." Der Lemming tritt wieder ans Fenster, und für einen Augenblick staunt er darüber, dass er keine Angst verspürt. Er ist zwar planlos, aber völlig ruhig. Wahrscheinlich ist das eine Art von fatalistischer Gelassenheit, wie sie ihn auch auf Zug- und Flugreisen erfasst. Nur dass er dort dem Zustand des totalen Ausgeliefertseins entkommen kann, indem er sich in einen tiefen Schlaf flüchtet.

„Was jetzt?" Polivkas Stimme zittert. „Wo bleibt dein verdammter Freund mit seiner Kompanie?"

„Von Freund kann keine Rede sein."

„Wir müssen raus hier, Wallisch. Alle."

Polivkas Nervosität ist auch den Polizisten nicht entgangen, mehr noch: Sie springt förmlich auf die beiden über. Unisono quietschen ihre Stühle, als sie sich zum Lemming drehen. „Entschuldigung, aber was ist mit diesem Staubsauger?", beginnt der eine, und der andere ergänzt: „Warum sollen wir hier raus?"

„Weil nichts ist, wie es scheint", murmelt der Lemming. „Nicht einmal ein Staubsauger." Er wendet sich den beiden Männern zu. „In fünf Minuten fliegt hier alles in die Luft. Sie sollten also wirklich eine Pause machen. Räumen Sie die angrenzenden Zimmer, besser noch den ganzen Trakt, und gehen Sie auf einen Kaffee."

Jetzt sind die beiden aufgesprungen. „Fünf Minuten?", stößt der eine aufgeregt hervor. „Wie sollen wir das denn machen?"

„Im Kaffeehaus!", wettert Polivka, und ihm ist anzusehen, dass er das ernst meint. So begrüßenswert die Ausschüttung von Stresshormonen sein mag, wenn es darum geht, die Beine in die Hand zu nehmen, so verheerend ist sie, wenn es darum geht, seine Gedanken in den Griff zu kriegen.

„Erst den Feueralarm", sagt der Lemming ruhig. „Und dann den kleinen Braunen."

Wie sich die Ereignisse im Lauf einer Minute überstürzen können! Kaum sind die zwei Polizisten aus dem Raum gelaufen, nähert sich der schwarze Ritter in rasanter Fahrt dem gegenüberliegenden Portal. Gewandt springt er von seinem Leihroller, der noch ein paar Meter allein zurücklegt, dann aber zur Seite kippt und auf dem Gehsteig liegen bleibt.

„Deshalb gehen mir diese beschissenen Scooterfahrer auf den Sack", knurrt Polivka. Aus seinen Worten spricht noch immer das Adrenalin.

Fast zeitgleich mit dem schwarzen Ritter hält ein Taxi vor dem Eingang, und drei Männer steigen aus. Obwohl sie große blaue Brillen vor den Augen tragen, glaubt der Lemming Otto Gingrich zu erkennen. An die beiden anderen, über deren Schultern schwere Reisetaschen hängen, kann er sich nur schemenhaft erinnern, doch auch sie sind zweifellos vom Nussberg hergekommen.

Während Gingrich auf das Haustor zugeht, zuckt ein Blitz über den Himmel, und ein wahrer Sturzregen setzt ein. Sein Rauschen wird nur von dem plötzlich einsetzenden Heulen einer Sirene übertönt und das Geheul wieder von einem lauten Donnergrollen, das dem Blitz folgt wie das Amen dem Gebet.

„Ich bringe jetzt den Hund in Sicherheit!", versucht Polivka seinerseits das Rauschen und das Heulen und das Grollen zu übertönen. Er ist kalkweiß im Gesicht.

„Nein, warte!", ruft der Lemming. „Warte! Und vertrau mir!" Er sieht sich im Raum um, findet aber nicht, wonach er sucht, und wendet sich wieder zu Polivka. „Hast du noch Zigaretten? Deine roten Gauloises?"

Polivka greift in seine Jackentasche und hält ihm das Päckchen hin. „Die kannst du haben! Ich steig sowieso auf eine andere Marke um!"

„Okay ..." Der Lemming reißt den roten Deckel von der Schachtel und zerteilt ihn, bis er nur noch ein zwei Zentimeter langes, rechteckiges Stück Karton zwischen den Fingern hält. Er reicht es Polivka. „Pass auf, wir machen Folgendes ..."

Es ist die Eckwohnung im zweiten Stock des grauen Hauses: Dort geht jetzt das Licht an. Durch den Regen und die zugezogenen Gardinen sieht man die vier Menschen, die den Raum betreten, nur in vagen Umrissen. Doch dann tritt einer an das Fenster, um die Vorhänge zurückzuziehen. Motorradhelm und Lederkluft: der schwarze Ritter. Mit einem entschlossenen Handgriff öffnet er die Fensterflügel. Dann löst er den Kinnriemen des Sturzhelms und hebt ihn vom Kopf.

Ein Schwall von Haaren quillt unter dem Helm hervor und fließt über die Schulterpölster der Motorradjacke.

Lange graumelierte Haare.

Lotte Gingrich.

12.

Endlich.

Endlich schweigt die unerträgliche Sirene. Wahrscheinlich sind mittlerweile alle Leute aus dem Haus, auch Oberst Klinger auf der Suche nach einem Entsatzheer. Mit den Russen ist nun einmal nicht zu spaßen, und da kann ein Feueralarm nur bedeuten, dass ihr Angriff schon begonnen hat. Ein kluger Krieger kennt die rechte Zeit, um sich zurückzuziehen.

Endlich schweigt die unerträgliche Sirene. Dafür wütet das Gewitter umso stärker. Häuser, Straßen, selbst die Bäume glänzen schwarzblau wie polierter Stahl. Die Gehsteige der Maria-Theresien-Straße haben sich in Flussufer verwandelt, zwischen denen windgepeitschte Wassermassen strömen. Immer öfter zucken jetzt die Blitze durch die Dämmerung, man könnte sich in einer Diskothek oder auch im Versuchslabor Nikola Teslas wähnen.

Polivka, der links neben dem Fenster steht und Kuli nach wie vor im Arm hält, murmelt monoton und leise vor sich hin. Wenn jemand seinem Sermon folgen könnte, dann der Mops. Doch der ruht schlaff und mit geschlossenen Augen in Polivkas Armbeuge; vielleicht glaubt er, auf diese Weise unsichtbar zu sein, oder er ist tatsächlich eingeschlafen: ein Paradebeispiel fatalistischer Gelassenheit.

„Sag einmal, *betest* du?", fragt ungläubig der Lemming, der sich auf der anderen Fensterseite vor den Blicken der vier Angreifer verbirgt.

Polivka bleibt die Antwort schuldig. Aber er spricht jetzt ein wenig lauter: „... Pfeil und Schleudern des wütenden Geschicks erdulden oder, sich waffnend gegen eine See von Plagen, durch Widerstand sie enden ..."

„Wer soll diese Plage enden, wenn nicht wir?", versetzt der Lemming grimmig. „Also Widerstand. Mach dich bereit."

Die Vorbereitungen im Wohnhaus gegenüber sind fast abgeschlossen. Während Lotte Gingrich und die zwei – inzwischen mit Gewehren bewaffneten – Gehilfen aus dem Fenster starren, geht Otto in den hinteren Teil des Zimmers, um das Licht zu löschen. Es wird finster in der Wohnung, nur die schwarze Fensteröffnung ist noch zu sehen.

Wären da nicht die Blitze, die beinahe im Sekundentakt die Stadt erhellen. In ihrem Licht nimmt Lotte Gingrich jetzt die Panzerfaust zur Hand.

In ihrem Licht wird auch die Tür der Leitzentrale aufgerissen. Oberst Klinger stürzt, gefolgt von einer rotblonden uniformierten Frau, ins Zimmer. „Das ist Gruppeninspektorin Freysinger ..."

„Nicht jetzt!" Der Lemming brüllt es, ohne sich zu Klinger umzuwenden. Zwanzig Meter weiter lehnt sich

Lotte Gingrich an das Fensterbrett. Die Panzerfaust auf ihrer rechten Schulter, nimmt sie Maß, visiert das Fenster gegenüber an.

„Jetzt!", brüllt der Lemming. „Jetzt!"

Und Polivka tritt in die Schusslinie. Wie ferngesteuert sind seine Bewegungen, wie losgelöst von seinem Willen, von seinem Selbst. Er zieht die blaue Schweißerbrille vor die Augen, die der Lemming ihm zuvor gegeben hat, und präsentiert das rote Stück Karton der Zigarettenpackung wie ein Schiedsrichter die rote Karte. Kuli hängt bewegungslos und schlaff in seiner anderen Armbeuge, man könnte ihn für tot halten. Ein weiterer greller Blitz zuckt aus den Wolken, und der Donnerschlag, der nur Sekundenbruchteile darauf erfolgt, klingt wie ein Schuss.

„Der Speicherchip!", schreit Polivka in seinen Nachhall. „Da! Der Speicherchip!"

Wenn nichts ist, wie es scheint, dann haben alle arroganten Narren, die den Schein zur unumstößlichen Realität erheben, ein Problem. Dann könnte nämlich alles auch ganz anders sein, als sie in ihrer Aufgeblasenheit beschlossen haben. Ihrem Sprach- und Denkschatz fehlt das Zauberwort der Welterkenntnis: das *Vielleicht*. Und wenn am Ende wirklich alles anders ist, dann stützen sie ihr Luftschloss mit immer grotesqueren Behauptungen und Thesen, um es vor dem Kollaps zu bewahren. Was ihnen fehlt, sind schlagende Beweise, die ihre Schimären mit harten Fakten untermauern. Ach, was täten sie nicht alles für solche Beweise! Endlich wären die Leichen, über die sie schon gegangen sind, *gerechtfertigt*.

Der blau bebrillte Mann im Fenster der Verkehrsleitstelle ist, auch wenn er anscheinend zum *Volk* gehört, ersetzbar. Sein bedeutungsloses Leben wäre also noch kein Grund, den Angriff abzubrechen. Aber das quadratische Objekt in seinen Fingern ist, falls es tatsächlich ist, was es zu sein scheint, unersetzlich.

„Da! Die Speicherkarte!"

Lotte Gingrich steht und zielt. Aber sie drückt nicht ab. Sie zögert. Da tritt Otto neben sie. Der nächste Blitz spiegelt sich in den Gläsern seiner Goldrandbrille, und der Lemming hat den Eindruck, dass sich seine Freude über den vermeintlich doch noch aufgespürten Mikrochip in Grenzen hält. Er sagt etwas, und Lotte nickt. Dann beugt er sich ein Stück weit vor und deutet auf die Straße.

„Gut gemacht!", ruft er Polivka zu. „Komm runter, bring sie mir!"

Schon hat sich Otto abgewandt, um aus dem Raum zu gehen.

„Beweg dich nicht! Bleib stehen!", zischt jetzt der Lemming wie ein Trainer an der Seitenlinie. „Solange du da stehst, kann uns nichts passieren!"

Und Polivka gehorcht. Er rührt sich nicht vom Fleck.

Passieren kann trotzdem etwas.

Zirka dreizehn Kilo wiegt eine mit Standardmunition bestückte Panzerfaust. So viel wie eine volle Kiste Bier oder ein dreijähriges Kind. Mit anderen Worten: nichts, das man sehr lange, sehr geduldig und sehr ruhig auf einer Schulter tragen kann.

„Jetzt mach schon, dass du weiterkommst!", brüllt Lotte Gingrich wütend. „Raus dort!"

Polivka glotzt sie durch seine Schweißerbrille an.

„Was treibt denn der?" Die zwei Gehilfen, die im Hintergrund gewartet haben, treten näher, treten direkt hinter Lotte, just, als sie beschließt, sich eine Pause zu genehmigen. Sie nimmt die dreizehn Kilo von der Schulter und macht einen Schritt nach hinten. Einen dieser Schritte, die nur klein für einen Menschen sind, aber gewaltig für die Menschheit.

Offenbar ist ihr der Fuß einer der Blaubrillen im Weg. Sie stolpert, kippt mit einem Schrei nach hinten, und noch ehe sie hinter dem Fensterbrett verschwindet, wird es in der Wohnung wieder hell.

Sehr hell.

So gleißend hell, dass man auch noch von einem Blick ins obere, dritte Stockwerk zu erblinden droht: Das Licht durchdringt sogar die Zimmerdecke. Was kein Wunder ist, weil diese Decke nicht mehr existiert. Genauso wenig wie die Fensterscheiben in den umliegenden Häusern.

Und das linke Trommelfell des Lemming. Nach der Ohrfeige der Explosion umgibt ihn eine plötzliche, beängstigende Stille, die von nichts als einem fernen Pfeifton unterbrochen wird. Ein Tiefseeton. Als käme er von einem Teekessel in Neptuns Küche.

Polivka ist an die hintere Wand des Raums geschleudert worden. Die saphirblaue Brille hat es ihm vom Gesicht gerissen. Er sitzt auf dem Boden und umklammert Kuli, der inzwischen aufgewacht ist und mit spitzen Ohren und gesträubtem Fell zum Lemming schaut.

In einem Meer aus Glassplittern liegt neben Polivka der Oberst, offenbar bewusstlos. Klinger hat mehr Mut gezeigt, als ihm der Lemming zugetraut hat. Er ist nicht geflohen, weder vor den angeblichen Russen noch vor einem angeblichen Feuer. Nein, er hat sogar Verstärkung mitgebracht. Eine Verstärkung, die jetzt in die Knie geht, Klingers Puls misst und dem Lemming zunickt. „Der Herr Oberst wird schon wieder, der ist bald wieder bei uns", sagt Gruppeninspektorin Freysinger. „Wahrscheinlich nur der Schrecken. Ist ja auch kein Wunder." Sie steht wieder auf. „Ich nehme an, dort drüben braucht man niemanden mehr zu verhaften", meint sie trocken. „Ohne Hände keine Handschellen, ohne Kopf kein Kopfgeld. Aber dieser weißhaarige Alte dürfte noch am Leben sein."

„Was haben Sie gesagt?"

„Der Alte mit der Goldrandbrille! Ihr Kollege und das Hunderl können sich derweil um den Herrn Oberst kümmern! Kommen Sie jetzt, oder was?"

Vor der Kaserne hat sich eine kleine Menschenschar gesammelt: Flüchtende vor einem Feuer, das nie stattgefunden hat, und Ohrenzeugen einer rätselhaften Explosion. Es sind vorwiegend Administrationsbeamte: Wie ja schon von Oberst Klinger angemerkt, befinden sich die meisten Einsatzkräfte außer Haus. Ein Teil der vollkommen durchnässten Polizisten strebt zur Maria-Theresien-Straße hin, wahrscheinlich um die Straße abzusperren, nach Überlebenden zu suchen, Wunden zu verbinden oder einfach nur zu schauen. Die anderen telefonieren. Auch einer der zwei Männer, die zuvor noch an den Bildschirmen der Leitstelle gesessen sind, steht vor dem Haupteingang und redet aufgeregt gestikulierend in sein Handy.

„Sie da!" Gruppeninspektorin Freysinger tritt auf ihn zu. „Das Spielzeug weg und aufgepasst!"

Mit einem Hauch von Widerwillen fügt er sich. Es bleibt ihm auch nichts anderes übrig: Freysinger trägt goldene Sterne auf den Litzen ihrer Schulterklappen, zwei auf jeder Seite, und er selbst nur jeweils einen Silberstern. Gelobt sei die hierarchische Befehlsstruktur.

„Wir suchen einen zirka sechzig Jahre alten Mann mit weißen Haaren und Brille, zwischen eins fünfundsechzig und eins siebzig groß. Ist der bei Ihnen da vorbeigekommen?"

„Nein, das wär mir aufgefallen. Es sind ja keine Leute auf der Straße bei dem Wetter."

„Gut. Wir machen Folgendes: Sie gehen nach Süden, Richtung Innenstadt, und ich nach Westen, rauf zum Schottentor. Und Sie", sagt Freysinger zum Lemming, „nehmen sich den Osten vor."

„Was sagen Sie?" Der Lemming dreht den Kopf ein Stück nach links und bringt sein rechtes Ohr in Stellung.

„Sie gehen runter zum Donaukanal! Es wäre doch gelacht, wenn wir den alten Scheißkerl nicht erwischen! Haben Sie eine Waffe?"

„Nein."

„Da, nehmen Sie!" Die Gruppeninspektorin nestelt eine kleine Sprühdose aus ihrer Jackentasche. „Pfefferspray. Das müsste reichen gegen diesen Tattergreis."

„Der Tattergreis ist ungefähr in meinem Alter", sagt der Lemming. Dann nimmt er die Dose und läuft los.

So rasch, wie es gekommen ist, hat das Gewitter sich verzogen, und es hat die schwüle Luft ein wenig aufgefrischt. Die abschüssige Maria-Theresien-Straße gleicht inzwischen eher einem Bach als einem Strom; das abfließende Wasser schimmert bis zur Ecke Börsegasse schwarzblau, nimmt dann aber einen sandig-beigen Farbton an. Die Farbe stammt vom Schutt des Hauses Nummer 20. In der Hausfassade klafft ein großes Loch zwischen dem zweiten und dem dritten Stock.

Der Lemming läuft, so rasch er kann. Er weicht den Trümmern auf dem Gehsteig aus, stolpert beinahe über einen schwarzen Sturzhelm, der verwaist auf dem Asphalt liegt, und läuft weiter. Er hat den Kanal schon fast erreicht, als ihm ein weißer Haarschopf auf der anderen Seite des Franz-Josef-Kais ins Auge fällt. Ein Haarschopf, der gerade hinter einer Brüstung abtaucht. Neben der Augartenbrücke führt dort eine Treppe zum Kanal hinunter – so wie die neben der Heiligenstädter Brücke, auf der der Lemming gestern Vormittag vor Lotte Gingrichs Drahtschlinge geflüchtet ist.

Bis er die vierspurige Fahrbahn überqueren kann, dauert es. Die Ampel steht auf Rot, und der Verkehr hat sich – wie stets nach einem Regenguss – vervielfacht. Eine Zeit lang starrt der Lemming auf das rote Ampelmännchen, aber schließlich geht ihm die Geduld aus. Von einem erbosten Hupkonzert begleitet sprintet er über die Straße: Trotz des langen Blicks ins Rotlicht mangelt es ihm an Gesetzestreue.

Auf der Promenade neben dem Kanal herrscht noch die Ruhe nach dem Sturm. Zumindest auf der nördlichen, an der Rossau vorbeiführenden Seite ist kein Mensch zu sehen. Ganz anders im Südosten: Hier scheinen die Leute nach dem Regen wie die Pilze aus dem Erdboden zu sprießen. Junge Leute, die sich vor dem *Flex* versammelt haben, einem legendären, in einem stillgelegten U-Bahnschacht errichteten Musikclub. Auf der Promenade vor dem Club wird frische Luft geschnappt, geraucht und Bier getrunken, aber auch das eine oder andere Geschäft getätigt.

„Brauchst was?", hört der Lemming mit dem rechten Ohr, während er durch die Menge hastet. „Ich hab Bennies, Crystal oder Cadillac." Bei aller Muße, denkt der Lemming, wird hier also auch gearbeitet; da soll noch einmal einer sagen, dass die Jugend keine Ambitionen hat.

Und dann sieht er den weißen Haarschopf wieder. Fünfzig Meter vor ihm eilt ein kleiner weißhaariger Mann in Richtung Salztorbrücke. Es ist ohne Zweifel Otto Gingrich, der dort den Kanal entlangläuft, ohne sich nach möglichen Verfolgern umzuschauen. Stattdessen ist sein Blick nach links gerichtet, auf das Wasser. Sucht er eine gute Stelle, um nach dem misslungenen Anschlag, dem Verlust seines Nussberger Hauses und dem explosiven Ende seiner Gattin Selbstmord zu begehen? Wohl kaum. Dafür scheinen ihm Anstand, Herz und Empathie zu fehlen. Stattdessen zügelt er jetzt seine Schritte, holt ein Handy aus der Hosentasche und tippt etwas in die Tastatur. Zugleich geht er auf eine Stelle zu, an der die Kaimauer ein Stück zurückversetzt ist: Hier führt eine Steintreppe hinunter bis zum Wasser.

Plötzlich wird dem Lemming klar, was Gingrich vorhat. Der setzt sich jetzt nämlich auf die regennassen Stufen und schaut in die abendliche Dunkelheit, die hier nur spärlich von Laternenlicht erhellt wird. Er sitzt da wie an der Busstation: Er wartet. Otto Gingrich wartet auf ein Boot.

Mit einer primitiven Rettungszille würde sich ein Mann wie Gingrich nie zufriedengeben, denkt der Lemming. Aber Zillen sind hier ohnehin keine vertäut. Nein, Gingrich muss sein Fluchtfahrzeug schon vorher reserviert haben, er will sich hier am Ufer abholen lassen wie ein Bankräuber, der mit dem Taxi heimfährt.

Doch das Taxi hat Verspätung. Gingrichs Smartphone leuchtet auf, anscheinend geht gerade eine Nachricht ein. Er liest sie, steckt das Handy wieder ein und seufzt.

Im Westen Wiens verglimmt das letzte Abendrot. Der Lemming nähert sich mit leisen Schritten, seine linke Hand steckt in der Jackentasche und umfasst die Dose mit dem Pfefferspray. Drei Meter noch.

„Mein Beileid", sagt der Lemming. Seine Stimme hat den Klang von Eiswürfeln in einem leeren Glas.

Wenn er erwartet hat, dass Gingrich jetzt erschrocken aufspringt, muss ihn dessen Reaktion enttäuschen. Denn der Anführer des Volkes zuckt nicht einmal. „Danke", sagt er nur, ohne sich umzuwenden. Und, nach einer kurzen Pause: „Setzen Sie sich doch zu mir, Herr Wallisch."

„Nichts für ungut, aber lieber nicht. Ich nehme an, Sie haben eine Waffe."

„Selbstverständlich. Danke, dass Sie mich daran erinnern." Mit einem gewandten Griff zieht Gingrich eine schwarze, glänzende Pistole aus dem Hosenbund. „Eigentlich schade. Ich hab sie kein einziges Mal verwendet", murmelt er. Dann holt er aus und wirft. Mit einem leisen klatschenden Geräusch versinkt die Waffe im Kanal. „Jetzt können Sie sich zu mir setzen. Ich bin nur ein harmloser älterer Herr, der gerade seine Frau verloren hat und ein bisschen Trost braucht."

„Älter stimmt", bemerkt der Lemming. „Rücken Sie ein Stück ... Nein, auf die andere Seite, ich kann links nicht so gut hören."

„Das mit dem Trost stimmt auch", sagt Gingrich, während sich der Lemming neben ihn auf die nasskalte Treppe setzt. „So eine wie die Lotte findet man nicht alle Tage. Sie war die perfekte Frau für einen Mann mit ehrgeizigen Zielen. Entschlossen, sportlich und intelligent."

„Und sanftmütig", ergänzt der Lemming lapidar. „Sie konnte keiner Fliege was zuleide tun."

„Sie sind ein Zyniker, Herr Wallisch."

„Da redet der Richtige. Ein Mann mit ehrgeizigen Zielen! Wo haben Sie denn auf einmal Ihre blauen Brillen gelassen? Keine Angst mehr vor der Infrarot-Gehirnwäsche?"

„Sie werden doch nicht annehmen", lacht Gingrich auf, „dass ich an diesen Schwachsinn glaube. Hauptsache, die Leute tun es. Und zwar nicht nur hier in Wien, sondern in ganz Europa und – dem Internet sei Dank – demnächst auch in Amerika. Ich bin nur der bescheidene, sehr lokale Schrittmacher einer Bewegung, die nicht mehr zu stoppen ist."

„Sie kennen keine Skrupel, oder?"

„Skrupel sind etwas für Leute, die noch immer an die Wahrheit glauben. *Wahrheit!*" Gingrich spuckt das Wort wie einen Kirschkern aus. „Ein lachhaftes Konzept unserer Großeltern. Wenn damals etwas in der Zeitung stand, dann hat man es für wahr gehalten. Oder wenn ein Wissenschaftler etwas sagte. Sogar den Politikern hat man geglaubt! Dabei war diese Wahrheit immer nur eine Behauptung, keine Tatsache. Wenn man die Meinungshoheit hatte, dann besaß man auch die Wahrheit. Und die Meinungshoheit war so eine Art Geburtsrecht. Heute ist das anders, heute haben wir das Internet: eine Arena, in der jeder gegen jeden um den großen Preis der Meinungshoheit kämpft. Ein Zirkus, in dem alle einmal zaubern dürfen, und am Schluss gewinnt der beste Hokuspokus. Das, Herr Wallisch, ist Demokratie. Oder, um Ihre Frage nach den Skrupeln anders zu beantworten: Wenn mich was beißt, dann beiße ich zurück. Auch wenn es das Gewissen ist."

Der Lemming schweigt. Er schweigt ein Schweigen, das sich zwischen Zustimmung und Abscheu nicht entscheiden kann. Zustimmung, weil er Gingrichs Weltbeschreibung treffend findet, Abscheu, weil die Gingrichs dieser Welt die Schuld an ihrem Zustand tragen. Ist die Welt ein Ei, sind sie die Hennen. Eine Legebatterie von Hennen, die im Suppentopf wohl besser aufgehoben wären.

„Was haben Sie eigentlich davon?", fragt er dann schließlich doch. „Ich meine, warum tun Sie das? Warum belügen Sie die Leute? Geld? Narzissmus? Eine schwere Kindheit?"

Gingrich überlegt. „Von allem etwas", sagt er schließlich. „Aber es geht mir ja gar nicht darum, Leute zu belügen. Es geht mir nur darum, Gläubige um mich zu scharen. Jünger, deren Augen ich mit, sagen wir, *alternativen* Wahrheiten zum Leuchten bringe."

„Menschen, die zu Ihnen aufschauen. Also sind Sie selbst die rote Ampel, vor der Sie die Leute warnen."

„Lustig." Gingrich wiegt den Kopf. „So hab ich das noch nie gesehen. Nur, wenn Sie schon diesen Vergleich ziehen, bin ich doch eher das grüne Licht. Das rote starren die Leute schon zu lange an, es hängt ihnen zum Hals hinaus. Sie wollen nicht mehr in einem Käfig sitzen, dessen Gitterstäbe von einer korrupten, saturierten Oberschicht geschmiedet sind. Sie wollen keine gekauften Studien und widersinnigen Gesetzestexte mehr, sie wollen *Geschichten*!"

„Falsche, wohlgemerkt. Wie die Geschichte eines Hundes, der einen geheimen Code in sich trägt. Wie hätten Sie Ihren Leuten klargemacht, dass da gar keine Speicherkarte ist? Dass Sie den Hund umsonst getötet haben?"

Gingrich lächelt. Dann greift er in seine Brusttasche, um einen daumennagelgroßen Gegenstand herauszuziehen. Einen Speicherchip. „Da ist sie doch. Sie müssen wissen, dass ich recht geschickte Hände habe. Früher hab ich mich sogar ein wenig an der Zauberei versucht."

„Verstehe. Hokuspokus. Und was ist da drauf?"

„Unendlich lange Zahlenkolonnen. Völlig sinnfrei. Nur ein weiterer Beweis für die Verschlagenheit der Mächtigen. So klein das Ding hier sein mag, seine Wirkung auf das Volk wäre enorm gewesen: ein geheimnisvoller, unknackbarer Code, ein Stück geballte Angst. Ein Stück Empörung."

„Ein Stück Widerstand." Der Lemming nickt. „Dann haben Sie also ganz genau gewusst, dass diese Szene vorhin nur Theater war."

„Sie meinen diese Fensterszene in der Leitzentrale? Dieser untersetzte Kerl mit der blauen Brille und dem Hund im Arm? Natürlich hab ich das gewusst."

„Und warum haben Sie nicht befohlen, zu schießen?"

„Weil Geschichten, auch wenn sie erfunden sind, eine gewisse innere Logik haben. Zuzugeben, dass es diesen ominösen Algorithmus gar nicht gibt, war keine ernsthafte Option. Das hätten mir die Leute nicht verziehen, auch die gute Lotte nicht."

„Sie war nicht eingeweiht?"

„Der Starke ist am mächtigsten allein."

„Allein? Sie machen Witze, oder? Schon das Waffenarsenal in Ihrem Keller: So was lässt sich nicht allein beschaffen, und bezahlen schon gar nicht. Irgendjemand unterstützt und finanziert Sie doch!"

„Natürlich gibt es Partner, deren Interessen sich mit meinen decken. Nicht nur andere heimische Gruppierungen, sondern auch sehr potente Partner aus dem Ausland, die sich freuen, wenn hier bei uns im Westen Unruhe entsteht. Ich leite also eine Art von Franchise-Unternehmen. Einen Produktionsbetrieb für nationale Krisen. Und von meinen Partnern werden mir die notwendigen Produktionsmittel gestellt. Eine Win-win-Situation."

„Sie leiten den Betrieb nicht mehr, Sie *haben* ihn geleitet", sagt der Lemming. „Wenn Sie künftig überhaupt noch etwas leiten, ist es die Gefängniswäscherei."

„Das glauben Sie doch selbst nicht. Wie gesagt: Ich bin ein unbewaffneter bedauernswerter Witwer. Alles habe ich verloren: meine Frau, mein Haus und meine

Hoffnung. Dass sich die Lotte vor ihrem Dahinscheiden mit Kriminellen eingelassen hat, zerstört jetzt auch noch mein Gedenken, es erschüttert meinen Glauben an die große Liebe meines Lebens. Ein geheimes Waffenlager? Woher hätte ich das wissen sollen? Ich hab den Keller nie benutzt. Erst nach der Katastrophe auf dem Nussberg bin ich misstrauisch geworden. Deshalb bin ich ja der Lotte und ihren zwei Spießgesellen bis zur Kaserne nachgefahren. Ich wollte sie noch abhalten von ihrer Wahnsinnstat, aber zu spät ..."

„Damit kommst du nicht durch, du Schwein." Jetzt ist es also doch passiert. Jetzt hat der Lemming seiner anwachsenden, aber hilflosen Empörung doch noch Luft verschafft. Was einem auf der Zunge liegt, kann man auf Dauer nur hinunterschlucken oder ausspucken, wobei das Ausspucken mit Sicherheit gesünder ist. Wer nicht ersticken will, der spuckt.

„Das Du, Herr Wallisch, will ich mir verbeten haben, so gut sind wir miteinander nicht. Und was das Durchkommen betrifft, versetzen Sie sich einmal in die Rolle eines Richters: Außer Ihnen gibt es keinen Zeugen, keinen jedenfalls, der mich mit einer Aussage ans Messer liefern würde. Ihr verrückter Freund hat sich ja selber in die Luft gejagt, der kann mir auch nicht mehr ans Bein pinkeln. Sie haben verloren, Herr Wallisch. Vor Ihnen sitzt nur ein schuldloser, gesetzestreuer Mann, der nie bei Rot über die Straße geht. Wenn Sie mir jetzt anstatt mit Worten mit Gewalt kämen, mit einem Schlagring oder Messer, wären es also Sie, der hinter Gitter wandert." Gingrich grinst. Ein Grinsen wie eine mit goldenen Frakturlettern gedruckte Einladung zu einem Faustschlag. „Glauben Sie", fügt er hinzu, „ich tät Ihnen das alles sonst erzählen? Sie werden damit leben müssen, dass ich weitermache. Das ist meine kleine Rache. Meine Rache für mein Haus, für Lotte, für mein Waffenlager und für den missglückten Anschlag. Nicht zuletzt für meinen jetzigen Erklärungsnotstand meinen Partnern gegenüber. Schließlich hat sie dieser Fehlschlag eine Stange Geld gekostet. Apropos, wenn man vom Teufel spricht ..."

Aus dem Südosten ist mit einem Mal ein sanftes Brummen zu vernehmen. Leise, fast unhörbar, nähert es sich von der Salztorbrücke. Fast unhörbar für den Lemming jedenfalls.

„Meine Mitfahrgelegenheit", sagt Gingrich.

„Wozu brauchen Sie denn noch ein Fluchtfahrzeug, wenn Ihre Weste eh so rein ist?"

„Wer redet von Fluchtfahrzeug? Ein Fluchtfahrzeug hätten wir nur gebraucht, wenn alles glatt gelaufen wäre. Aber jetzt ist es nur noch ein Boot. Ein schwimmendes Besprechungszimmer." Gingrich klopft dem Lemming auf die Schulter, packt dann seinen rechten Arm mit festem Griff. „Ich wäre Ihnen sehr verbunden, wenn Sie mich begleiten würden. Eine halbe Stunde nur. Um meinen Partnern Ihre Sicht der Dinge darzulegen."

„Sicher nicht." Der Lemming schickt ein stilles Dankgebet an Gruppeninspektorin Freysinger und zieht mit seiner freien Hand das Pfefferspray heraus. „Gewürzmischung", sagt er im Stil eines Phil Marlowe.

Hart genug, um seinem Widersacher einen Sprühstoß ins Gesicht zu pfeffern, ist er aber nicht. Er zweifelt zwar daran, dass Gingrich sich einer Verurteilung so leicht entziehen könnte, doch es mangelt ihm an Angriffslust und am Verständnis dafür, dass man andere weinen sehen will. Schon in seiner Schulzeit war er keiner, der am Fußballplatz die Tore schießt. Nicht, dass er sie stattdessen gern bekommen hätte. Nein, der Lemming war und ist Verteidiger, ein Mann der Defensive.

„Schade." Gingrich lässt den Blick über das Wasser schweifen. Offenbar bedauert er es jetzt, seine Pistole im Kanal versenkt zu haben. „Schade", sagt er noch einmal. Er lässt den Arm des Lemming los. „Dann muss ich es eben allein erklären. Der Rubel wird schon weiter rollen. Und falls noch Fragen offenbleiben, weiß ich ja, wo ich Sie finden kann, Herr Wallisch."

Aus der Dunkelheit fährt jetzt ein Boot heran. Ein kleines schnittiges Kajütboot, das von einem kleinen schnittigen Matrosen sehr geschickt zum Treppenabgang manövriert wird. Die zwei anderen Männer auf dem Boot sind nicht so klein und schnittig. So, wie sie da an der kümmerlichen Reling stehen, wirken sie völlig deplatziert: zwei Kleiderschränke mit Krawatten, die auf einer hundert Meter langen Yacht ein passenderes Bild vermittelt hätten. Nicht als Yachtbesitzer, aber doch als dessen Leibwächter.

Die beiden Kleiderschränke helfen Otto Gingrich, der inzwischen aufgestanden ist, an Bord. Wie eine Feder heben sie ihn von den Steinstufen über das Bootsgeländer. Dann halten sie inne, um den Lemming wortlos fragend anzuschauen.

„Njet", sagt der Lemming.

Auf ein Zeichen gibt der Steuermann nun wieder Gas. Das Boot beschreibt eine sehr enge, anmutige Kurve und verschwindet, eine helle Schaumspur hinterlassend, in der Dunkelheit.

13.

Die REINE WAHRHEIT vom 6. Juni 2022

Wie im Krieg!

Entsetzen in der Bundeshauptstadt!

Gleich zwei folgenschwere Explosionen rissen die Wiener Bevölkerung am Pfingstsonntag (!) aus ihrer verdienten Abendruhe. Kurz nach 18 Uhr kam es auf dem Döblinger Nussberg aus noch ungeklärter Ursache zum ersten der fatalen Vorfälle, bei dem ein Wohnhaus vollkommen zerstört wurde. Die ungewöhnlich heftige Detonation, die einen Großeinsatz von Rettung, Feuerwehr und Polizei auslöste, forderte der ersten Spurenauswertung nach zwei Menschenleben. Die Behörden nahmen umgehend Ermittlungen auf, es kann aber von einem Gasgebrechen ausgegangen werden.

Nur zwei Stunden später, kurz nach 20 Uhr, erfolgte dann der nächste Zwischenfall. Ein Wohnhaus auf dem Alsergrund wurde von einer Explosion erschüttert, die zwei Stockwerke verwüstete und Schäden an den Fenstern der Umgebung nach sich zog. Drei Menschen kamen in der unteren Etage ums Leben, die darüber liegende war zum Glück unbewohnt. Der Auslöser der Explosion stand bis zum Redaktionsschluss dieser Ausgabe der REINEN noch nicht fest, ein Gasgebrechen ist aber auch hier wahrscheinlich.

„Gasgebrechen, na, da bin ich ja beruhigt. Da kann ich mich ja endlich der verdienten Abendruhe widmen." Polivka lehnt sich zurück und wirft die Zeitung auf den Schreibtisch. „Und mit mir der Rest des Landes. Wenn es bald kein Gas mehr gibt, dann gibt es auch keine Gebrechen mehr und keine Explosionen, dann herrscht endlich Friede. Ausgezeichnete Berichterstattung."

„Was hast du gesagt?"

„Dass die nur Scheiße schreiben in der Zeitung!"

„Nichts ist, wie es scheint, und alles ist vielleicht ganz anders", kommentiert der Lemming. Er sitzt seinem Partner gegenüber auf dem anderen Schreibtischstuhl und schaut mit müden Augen auf das Display seines Smartphones. „Aber wenn es in der Zeitung steht, dann muss es auch die Wahrheit sein. Über die Blaubrillen wirst du da nichts finden, weil es solche Extremisten hier in Österreich nicht gibt. Am Ende könnt das ja der Wirtschaft schaden und der Politik. Nein, nein, solche Probleme haben nur andere Länder."

„Und dein Freund, der Oberst? Wird der auch alles unter den Tisch kehren?"

„Noch einmal, Polivka: Er ist nicht mein ..."

Polivkas verschmitztes Grinsen lässt den Lemming innehalten. „Nein", fährt er mit einem säuerlichen Lächeln fort, „der Klinger wird das sagen, was er sagen soll. Die kurze Ohnmacht und der kleine Tinnitus werden nichts an seinem Ehrgeiz ändern: Noch ist er ja nicht der Oberste der Obersten."

„Das heißt, die Einzigen, die offen reden können ..."

„Sind die Unkündbaren", nickt der Lemming. „Also wir. Und uns wird nicht geglaubt."

„Wir können uns ja gegenseitig kündigen", brummt Polivka. „Aber im Ernst, die haben uns heute auf dem Kommissariat behandelt wie zwei schwachsinnige Kinder, die sich was zusammenphantasieren."

„Wir haben auch keine Meinungshoheit, Polivka, wir sind der Pöbel. Es war übrigens auch nicht sehr klug, unsere Aussagen heut so zu stützen."

„Nicht sehr klug von wem?"

„Von deiner neuen Freundin. Karriere wird sie auf die Weise keine machen."

„Was ... Wen meinst du?" Polivkas Gesicht spiegelt den Abendhimmel wider, dessen Schimmer durch den goldenen Schriftzug auf der Fensterscheibe fällt: ein sattes Karmesinrot.

Bingo, denkt der Lemming. Volltreffer.

„Na, die Frau Gruppeninspektorin. Ihr habt euch ja stundenlang vor dem Vernehmungszimmer unterhalten."

„Und?"

„Nichts und. Wann seht ihr euch denn wieder?"

„Was weiß ich? Warum sollt ich sie wiedersehen?", knurrt Polivka und wirft einen verstohlenen Blick auf seine Armbanduhr.

Ein weiterer Treffer ins Schwarze, denkt der Lemming.

„Heute noch was vor?"

„Ich weiß noch nicht. Schon möglich. Warum fragst du?"

Statt zu antworten, wendet der Lemming sich nach links. Dort, an der Breitseite der Tischlandschaft, steht nämlich noch ein Sessel. Ein bequemer, weicher Ohrensessel, den die beiden Detektive nach der stundenlangen, hochnotpeinlichen Befragung auf dem Kommissariat in einem nahen Möbelhaus gekauft und ins Büro getragen haben. Schön ist er, der Sessel, kobaltblau mit einem zarten beigen Muster: kleine Flugzeug- oder Schiffspropeller, die man mit ein wenig Phantasie für Knochen halten könnte. Auf dem Sessel liegen ein paar Kissen, auf den Kissen hat sich Kuli breitgemacht. Er schläft.

„Was meinst denn du?", fragt ihn der Lemming. „Ist der Polivka seit ein paar Stunden nicht wie ausgewechselt? Schon allein sein Blick: Als würden seine Augen mit dem Schwanz wedeln."

Der Mops zieht eine Braue hoch und gibt ein eigenartiges Geräusch von sich: ein Gähnen, das sich zwischen Jaulen und Grunzen kaum entscheiden kann. Er klingt wie ein rostiges Scharnier, das etwas Öl vertragen könnte. Schlaftrunken sieht er den Lemming an, verlagert dann den Kopf um zwei, drei Zentimeter und betrachtet Polivka. Alles in Ordnung: Das Rudel ist versammelt. Kuli schließt wieder die Augen.

„Siehst du? Er ist meiner Meinung", sagt der Lemming.

Polivka steht auf, und seine Augen scheinen meilenweit von einem Schwanzwedeln entfernt zu sein. Schon eher fahren sie – in genauso sprichwörtlichem Sinn – die Krallen aus. Polivka ist eingeschnappt.

„Du kannst mich, Wallisch!", knurrt er. „Ja, ich hab heut Abend noch was vor. Deshalb fahr ich jetzt heim und nehme eine Dusche. Eine Dusche?" Polivka klatscht theatralisch in die Hände. „Oh, mein Gott, der Polivka nimmt eine Dusche! Wenn das nicht was zu bedeuten hat! Wahrscheinlich wandelt er wieder auf Freiersfüßen, dieser Don Juan, nachdem ihn seine langjährige

Freundin abserviert hat. Eine Dusche! Ohne Zweifel ein erdrückendes Indiz, ja fast schon ein Beweis! Wir gönnen ihm ja seine kleinen Freuden, ganz besonders, wenn wir ihm die Freuden dann noch wochenlang unter die Nase reiben können ... Was ist los?"

Mit einem Schlag verpufft Polivkas Zorn. Er starrt den Lemming an, der seinerseits mit großen Augen auf sein Smartphone starrt. „Was schaust du da?"

„Das gibt's nicht", raunt der Lemming.

Heutzutage muss sich ja so gut wie alles zum Konzern auswachsen. Hosen, Brot und Schuhe sind beim Schneider, Bäcker oder Schuster an der Ecke nicht mehr zu bekommen, weil die Schneider, Bäcker oder Schuster an der Ecke ausgestorben sind. Man findet sie inzwischen dort, wo man sie hingebracht hat: *um* die Ecke nämlich, in den Produktionshallen der Konzerne, wo die gleichen Hosen und die gleichen Schuhe und das gleiche Brot für alle Welt gefertigt werden. Das hat selbstverständlich große Vorteile, besonders für die Aktionäre dieser Unternehmen. Denn die Vorsitzenden dieser Firmen sind per Aktiengesetz in erster Linie dazu verpflichtet, den Gewinn zu maximieren. Dabei auch noch auf den sozialen Frieden oder die Natur zu achten, wäre – und das weiß zum Glück auch der Gesetzgeber – zu viel verlangt. Man kann ja auch von keiner Dampfwalze erwarten, dass sie einen Bogen um jedes dahergelaufene Gänseblümchen macht.

Natürlich handelt es sich bei den großen aktiennotierten Unternehmen selten nur um Hosen-, Brot- und Schuhhersteller. Ein Konzern, der auf sich hält, beackert meistens eine ganze Reihe von Geschäftsfeldern. Er kann zum Beispiel weltweit eine Hotelkette betreiben und sich gleichzeitig auch in der Pharma- und Lebensmittelindustrie, im Banken- und Versicherungssektor und mit der Erzeugung von Designerbrillen, Parfüms und Kugelschreibern seine Dividenden sichern. Denn es geht ja nicht um die Erfahrung in, die Liebe zu oder das Interesse an einer speziellen Branche, es geht allein um die Potenz der Dampfwalze.

Eine Potenz, die auch so mancher Medienunternehmer anstrebt, ohne dabei gleich in grundverschiedenen Revieren wildern zu müssen. Österreich ist ja ein Dorf, da kann man gar nicht übersehen werden, wenn man wie eine Dampfwalze über den Marktplatz rollt. Wenn man mit seinem Medienkonzern nicht nur diverse Monatszeitschriften und Illustrierte, Frauen- und Fernsehmagazine sowie eine Tageszeitung publiziert, sondern auch eine landesweite Radiostation betreibt. Ein Fernsehsender komplettiert die Macht der Dampfwalze. Der Sender walzt mit einem Nachrichtenprogramm durchs Dorf, das man rund um die Uhr im Internet verfolgen kann. Sofern man Nachrichten wie *Hai kackt Taucher ins Gesicht* oder *Halbnackter Rentner ärgert Polizistin* für bedeutsam hält.

Nicht, dass der Lemming ein besonderes Interesse an kackenden Fischen oder renitenten Rentnern hätte, aber es ist doch ein Video besagten Fernsehsenders, das auf seinem Handy läuft. Es zeigt eine platinblonde Reporterin auf einer kargen Schotterbank, im Hintergrund ein unscharfes Objekt, das wie ein Mittelding aus Haus und Boot aussieht, und noch ein Stück weiter dahinter eine grüne, dicht bewachsene Böschung. Unter der – anscheinend noch auf ihren Einsatz wartenden – Reporterin die feuerrote Laufschrift:

Schock und Rätselraten auf der Donauinsel – Leichenfund auf der Alberner Schotterbank!

„Das gibt's nicht", sagt der Lemming noch einmal. „Dort war ich gestern Nachmittag."
„Mach laut", sagt Polivka, und Kuli hebt den Kopf.
Der Lemming dreht den Ton des Smartphones auf, gerade rechtzeitig, denn nun schaut die Reporterin in die Kamera und fängt zu sprechen an:
„Blankes Entsetzen hier am südöstlichen Ende der Donauinsel: Wo sich sonst die Grillmeister und Baderatten tummeln, kann man jetzt nur Blaulichter und Absperrbänder sehen. Am Vormittag haben drei Männer in dieser vermeintlichen Idylle einen Fund gemacht, den sie so bald nicht mehr vergessen werden: eine Leiche, die wahrscheinlich in der Nacht oder frühmorgens von der Strömung auf die Schotterbank getrieben wurde. Alles deutet auf ein grausames Gewaltverbrechen hin. Bei mir ist Chefinspektor Vasicek vom Landeskriminalamt, der uns dankenswerterweise ein paar Worte zum Ermittlungsstand sagen wird. Herr Chefinspektor, wie viel wissen wir zu diesem Zeitpunkt?"
Kameraschwenk. Ein wohlbeleibter Mann mit schwarzem Schnurrbart und drei goldenen Sternen auf den Litzen seiner Uniformjacke kommt ins Bild. Vor der naturbelassenen Kulisse wirkt er wie ein Kolonialsoldat

in Hinterindien. Ein Wiener Kolonialsoldat: Sein lateraler Zungenschlag beim Konsonanten L ist nicht zu überhören.

„Ja, also", sagt er, „unser Toter ist ein hellhäutiger, zirka sechzig Jahre alter Mann. Seine Identität haben wir noch nicht ermitteln können."

„Was lässt Sie auf ein Verbrechen schließen?"

„Das Loch in seinem Genick. Also eine Schusswunde im Nacken. Er ist quasi hingerichtet worden."

„Gibt es Hinweise auf den oder die Täter?"

„Leider momentan noch nicht. Was feststeht, ist, dass es nicht da passiert ist, also dass der Fundort nicht der Tatort ist. Man hat ihn entweder im seichten Wasser abgelegt, oder er ist hier angeschwemmt worden."

„Wie geht es denn nun weiter mit den Untersuchungen, Herr Chefinspektor?"

„Na, mit der Forensik, wie im Krimi. In der Zwischenzeit versuchen wir, den Mann zu identifizieren. Wir haben zwar keinen Ausweis, aber einen Gegenstand bei ihm gefunden: eine Art Computerchip, der uns hoffentlich weiterhelfen wird."

„Dann drücken wir die Daumen. Vielen Dank, Herr Chefinspektor."

Während sich der Wiener Kolonialsoldat zurückzieht, schwenkt die Kamera nun wieder zur Reporterin.

„Die drei bedauernswerten Männer", sagt sie, „die den Toten heute Vormittag gefunden haben, waren leider nicht zu einem Interview bereit. Mehr als verständlich: Ihnen sitzt ganz sicher noch der Schock in allen Knochen."

Mitleidig nickt die Reporterin in die Kamera, die jetzt an ihrem Kopf vorbeizoomt und das bislang nur verschwommene Objekt im Hintergrund heranholt. Ja, es ist das Daubelboot, auf dem der Lemming sich noch gestern so zum Narren gemacht hat. Unvermittelt wird das Bild jetzt scharf. Es zeigt drei Männer, die an Deck sitzen, wie Gott sie schuf: den Langen und den Dünnen und den Alten. Mit gefüllten, kalt beschlagenen Gläsern prosten sie einander zu.

Man kann sich ja auch rein symbolisch zuprosten. So wie Polivka und der Lemming, kaum, dass sie das Video gesehen haben. Nach dem nochmaligen Ansehen haben sie dann auch Kuli zugeprostet und den Film ein drittes Mal gestartet.

„Also ist es ausgestanden. Bis zum nächsten Gingrich wenigstens", hat Polivka danach gemeint. „Beim nächsten Gingrich wird dann auch das *Volk* wieder aus seinen Löchern kriechen."

„Ja." Der Lemming hat genickt. „Der nächste Gingrich kommt bestimmt. Aber erst morgen oder übermorgen. Heute können wir uns ..."

„Unserer verdienten Abendruhe widmen. Dann also bis morgen. Oder übermorgen." Polivka hat ein verschmitztes Lächeln aufgesetzt und ist in Richtung Eingangstür gegangen, hat sich aber auf dem halben Weg noch einmal umgedreht: „Was ist jetzt eigentlich mit unserem Kanzleihund? Soll ich ihn ... Ich meine, kann er mich begleiten?"

„Sicher nicht. Der Kuli bleibt heut Nacht bei mir. Man kann als alter Mann auch ohne kleinen Hund auf Frauen wirken, Polivka. Zum Beispiel mit Humor, Intelligenz und

Höflichkeit. Du schaffst das schon. Also geh dich jetzt duschen. Und dann kauf dir einen Hund."

Schon wieder so ein warmer Abend. Und so viel im Hinterkopf, das noch erledigt werden muss: zu Hause wieder einmal nach dem Rechten sehen, den Rasen mähen und die Blumen gießen. Pepis Freunde anrufen und eine Trauerfeier arrangieren. Einen Termin beim Ohrenarzt machen.

Etwas war da noch. Natürlich: der Professor! Worum hat Bernatzky ihn noch rasch am Telefon gebeten? *Gutes Zeug!*, hat er gesagt. Sag, kannst du mir beizeiten mehr davon besorgen?

Schade, denkt der Lemming. Aber *Elektronik-Zlatko* und *Lokomotive* waren ja unersättlich. Fast das ganze Säckchen Schwammerln haben die beiden aufgegessen, nur ein jämmerlicher Stängel ist noch da. Zum Trost wird er Bernatzky morgen eine Stange Zigaretten bringen. Oder zwei.

Der Lemming zieht den Leinenbeutel aus der Hosentasche und beugt sich zu Kuli, der mit großen Augen und gespitzten Ohren auf seinem kobaltblauen Sessel sitzt.

„Komm, lass uns plaudern", sagt er.

Danke an

die Literaturabteilung des BMUKK für die großzügige Förderung,
Julia Maetzl für fruchtbare Gespräche und viel Kaffee,
Linda Müller für ihre segensreiche redaktionelle Einflussnahme,
Veronika Schuchter für ihr unbestechliches Auge,
Chefinspektor Rainer Samer für seine liebenswerte Einführung ins Wiener Verkehrsleitsystem,
Chefinspektor i. R. Ernst Köpl für seine freundschaftliche Vermittlung.

Stadt Wien | Kultur

Gefördert von der Stadt Wien Kultur

Auflage:
4   3
2026 2025 2024 2023

© 2023

Innsbruck-Wien
www.haymonverlag.at

Alle Rechte vorbehalten. Kein Teil des Werkes darf in irgendeiner Form (Druck, Fotokopie, Mikrofilm oder in einem anderen Verfahren) ohne schriftliche Genehmigung des Verlages reproduziert oder unter Verwendung elektronischer Systeme verarbeitet, vervielfältigt oder verbreitet werden.

ISBN 978-3-7099-8168-9

Inhaltliche Betreuung: Haymon Krimi / Linda Müller
Lektorat: Linda Müller / Veronika Schuchter
Projektleitung: Haymon Krimi / Ilona Mader / Danijela Pavic
Buchinnengestaltung nach Entwürfen von himmel. Studio für Design und Kommunikation, Innsbruck/Scheffau – www.himmel.co.at
Umschlaggestaltung und -motive: Bürosüd – www.buerosued.de
Satz: Da-TeX Gerd Blumenstein, Leipzig
Autorenfoto: Julia Maetzl

Gedruckt auf umweltfreundlichem,
chlor- und säurefrei gebleichtem Papier.